眠り姫夜を歩く

染井吉乃

幻冬舎ルチル文庫

CONTENTS ✦目次✦

眠り姫夜を歩く

✦カバーデザイン=吉野知栄(CoCo.Design)
✦ブックデザイン=まるか工房

イラスト・陵クミコ✦

眠り姫夜を歩く

「みーつーおーかー」

近くに奥川《おくがわ》が流れる立地にある私立奥川高校。

偏差値《へんさち》レベルは上の下、進学率もそこそこのどこにでもあるようなごく普通の高校なのだが、近隣《きんりん》では校則が非常に厳しいことで知れ渡っている。

その二年の教室から、今日も生徒の光岡知春《みつおかともはる》を起こそうとする教師の声が響いていた。

「日野《ひの》先生、多分駄目《だめ》ですよ。前の時間自習だったから、絶賛熟睡中《じゅくすいちゅう》で起きないと思う」

「マジか…」

古典を受け持つ日野勇一《ゆういち》は、苦笑混じりに聞こえて来た生徒の説明に溜息《ためいき》をつく。

光岡本人は奥川が見える窓際の特等席で、両腕を枕に気持ちよさそうに熟睡中だ。

開け放っている窓から射し込んでいる午後の日光に、額へと落ちてしまっている触り心地のよさそうな彼の髪がキラキラ光っている。

ここは男子校なので女子生徒はいないが、もしいたら羨《うらや》むばかりの綺麗《きれい》な髪だ。

「この学校へ来てから光岡が授業の最初から最後まで起きてたの、まず見たことないぞ？

もしかしてどっか具合でも悪いのか？」

日野は急病で入院した前任者に代わり、急遽《きゅうきょ》二学期途中から赴任《ふにん》している。

ようやく担当クラスの生徒達の顔と名前が一致し始めた日野の問いに、クラス全体から何とも言えない微苦笑《びくしょう》が広がった。

そんな中、知春の隣に座る本田昴《ほんだすばる》だけが声をかけて起こそうとしている。

「ねぇ起きて、知春《ハル》」

「あぁいいよ昴。眠いならそのまま寝かせとけ」

「でも…」

「いいから。イビキかいてうるさいわけじゃないし」

教壇《きょうだん》から離れて傍《かたわ》らに立った日野に、昴は物言いたげなまなざしを浮かべてから寄せていた体を離す。

「日野ちゃん、眠り姫が昼間寝てるのは多分塾のせいですよ。ハル、進学塾通ってるから」

「塾？　つか、眠り姫え？　男だろ？　ここ男子校だよな？」

これが？　と、行儀悪く出席簿で寝ている知春を指す日野に、別の男子が続けた。

「ハル、歯医者の跡取り息子なんですよ。その名前が姫路《ひめじ》歯科医院だから眠り姫、って上級生につけられた渾名《あだな》です。本人にこのテのこと言うと怒《いか》るけど」

「姫路歯科？　どっかで聞いたような…あ。学校指定の歯医者さんか？」

「そう。だから皆、ハルの実家のこと知ってて」

「進学前から医学部行くのが判ってるなら、遅くまで塾通うより最初からもっとレベルの高い高校行っとけばいいのに。光岡、普段から成績もいいよな？」

「いいどころじゃないですよ、先生。ハルのお陰でテストのクラス平均点が高くて、俺達大変なんだから」

途端、周囲から同意の声が上がる。

「クラスの平均が悪くて足引っ張られるよりはいいだろー？　学生の本分なんだし」

「…ハルの家からだと、ここ以外の高校は川のせいで大きく迂回《うかい》しないといけなくて、面倒だって言ってこの学校に決めてました」

遠慮《えんりょ》がちな昴の言葉に、日野は肩から溜息をつく。

「将来の計画があるのに、面倒の一言で近場の学校に決めんのか…」

「いや先生、実際同じ理由でこの学校に進学した奴結構多いですよ」

この高校がある場所は、大きく蛇行《だこう》した川が「つ」の形になった上部…北側にある。

数年前にあった記録的な台風の被害で橋が落ちてしまったのだが、その後すぐに浮上した新駅の誘致《ゆうち》と再開発の話に巻き込まれて現在も橋が架《か》け直されていないままになっていた。

「それで受験に必要な勉強時間を寝不足になるまで塾で補うのか。学生は大変だなあ。とはいえここの高校、がむしゃらに塾に行くほどレベルは低くないのに」

実際大学への進学率は七割を超えるし、国立への進学も少ないながら毎年数人出ている。専門学校への進学を含めるなら、全体の八割以上になるのでむしろ多いほうだ。残りは就職組だが、親の仕事を手伝うための者達も多い。新興住宅《しんこうじゅうたく》と以前からの農林業で暮らしていた先住の人々が、悪くなく混ざっているこの地域ならではの卒業後の進路の様子だった。

「いやあ、ハルの場合…イロイロあるんじゃないですかね？」

「イロイロ？　あぁ歯医者の跡取りだから？」

「その跡取りになるのは歯医者とは限らな…」

「鈴木《すずき》！」

言いかけたクラスメイトを、昴が強い言葉で遮《さえぎ》る。

「んー、まあいいか。昴、光岡が起きたら放課後に職員室来るように伝えて」

日野はその話に興味を示さず、授業を始めるために教壇へと戻った。

「…お前、意外と律儀《りちぎ》だな」

放課後職員室へと訪れた知春に、日野は机に頬杖《ほおづえ》をついたまま苦笑していた。

「…」

言われたほうの知春は皮肉だと判っているから、両手を後ろに組んだまま目線をそらして知らん振りを決めている。

この学校は私立だが、個人を尊重するという時流から制服の着用はない。

学生達は皆、それぞれ好きな服装をしているが「常識を逸脱《いつだつ》するような華美《かび》なものは避け、学生らしい清潔感のある服装で」という校則も一応設けられている。

その校則に準じているつもりはないのだろうが、知春の私服は窮屈《きゅうくつ》な着方をしているわけではないのにいつもきちんとしている印象があった。

今日も適度にゆるく開かれた襟から、彼のほっそりとした首筋が見えている。

そのラインが妙に扇情的《せんじょうてき》に見えるのは、服を脱いだ彼の姿を日野が知っているからだ。

…知る以前から、この知春という学生は不思議な魅力がある。

「…それで、俺を呼んだのは何の用ですか」

変声期を過ぎた彼の声は高くもなく低過ぎでもない、柔らかで心地好《よ》い音域をしていた。

ちょっとだけ眠そうに聞こえるのは、普段の知春のイメージかも知れないと内心苦笑しながら日野は数枚のプリントを差し出す。

「はい、これ。今日の授業の分。空欄《くうらん》部分を埋めて提出しろよ」

「…」

なんでこんなプリントを？　と言いたげなまなざしで受け取った用紙を見つめている知春へ、日野は続けた。

「まあお前の成績なら、俺の授業を寝ててもたいしたことないとは思うんだけどな」

用紙には彼らしい丁寧《ていねい》さで、授業で扱ったのだと思われる内容が書かれている。

授業で寝ていた自分のために、わざわざこれを作ってくれたのだろうか。

「そんなことは…ないです」

「いや今、返事するのに逡巡《しゅんじゅん》しただろ」

そんな考えが過《よぎ》ったために返事が遅れた知春に日野は再度苦笑し、その髪をくしゃくしゃにする。濡《ぬ》れている印象があったのだが、指に触れた彼の髪はさらさらだった。

知春もまた日野にされるがままで、嫌がる素振《そぶ》りはない。

「お前のその、全方向に正直なところはいいなあ」

正直なのは性格だけではないが、と喉《のど》まで出かかる。

「それ、褒《ほ》めてないですよね。何ですか、全方向って…」

「いや、褒めてるよ」

彼が無愛想《ぶあいそう》なのは今更だ。日野も気にしていない。

「そういえばお前、寝てばっかりなのに愛されてるよな」

「はあ？」

この教師はまた何を言い出すのかと、プリントから顔を上げた知春は眉《まゆ》を寄せる。

「いや光岡のクラスさ、お前が爆睡《ばくすい》してても寝かせといてやろうぜ、って雰囲気だから。普通に考えるなら塾へ通ってまでガリ勉してるから昼間眠いんだろ、そこまでやるか？　的な奴が一人くらいいてもおかしくないのに、全く、そんな感じじゃないから」

「俺が授業中寝てるのは中学校の頃からそうだから、皆見慣れてるからじゃないですか。この高校は地元からの進学が殆《ほとん》どだし」

あっけらかんと言われ、日野は顎《あご》を軽く反らせた。

「そうなのか？　あぁそれで家の事情とかも詳しいのか」

「？」

「光岡が実家の歯医者を継《つ》ぐから塾へ行ってるって」

「あぁ、まあそうですね」

なんだそんなことかと、知春の反応は終始そっけない。

「学年が違うのに眠り姫だって周知《しゅうち》なのは、いいのか悪いのかは微妙だけどな」

「なんですか、その眠り姫って」

「お前が上級生につけられてる渾名だってさ」

「…なんだそりゃ」

「それだけお前の居眠りが有名だってことだろ？　外部《塾》に丸投げな印象で、この学校の教師としてはあまり褒められたことじゃないけど。…そういえば光岡、歯医者の他にどっかで跡取りになる予定でもあるのか？」

「はあ？　違います、多分。俺が本家に入るんじゃないかって、言われてるからですよ」

「何の話だ？　それ」

眉を寄せた日野へ、知春は再度プリントから顔を上げた。

「そこまでは聞いてなかったんですか？　俺の歯医者の話と必ずセットで言われてるから、てっきり先生も知ってるのかと。俺、愛人の子供なんです。昴とは遠い親戚ですよ」

あっけらかんと告げられ、さすがに日野も一瞬言葉を失う。

「いや、そこまで聞いてないぞ…と、いうか昴と親戚だったのか？」

驚きを隠せない日野へ、知春は小さく肩を竦《すく》めてから続けた。

「俺のことは、この辺に住んでる奴なら皆知ってますよ。ええと『お父さん』の娘さんの一人のうちの、配偶者《はいぐうしゃ》の実妹の子…が、昴。だから血の繋《つな》がり自体はないんですけど」

「他人事《ひとごと》みたいだなー、しかも遠いし。父親の娘なら、お前の姉さんだろうに」

日野はそう言ったが、知春の表現が彼等の立ち位置なのだと容易《ようい》に想像がつく。

「でも『家族』じゃないですから。ただの血縁者です。…もっとも向こうは、違う見解でしょうけど。俺の家族は、一緒に暮らしている俺を産んだ母の両親です。その母親は俺が就学以前に失踪《しっそう》してそれきりですが」

「……！」

半分投げやりなその言葉に、日野が驚きに目を見張った。

そして見つめられる視線が痛くて、知春のほうが先に目をそらせる。

……同情や哀《あわ》れみで、日野に自分を見られたくなかったのかも知れない。

「まあ、血筋で人間決まるわけじゃないからな。……ところで光岡は母親似か？」

「祖父母はそっくりだと言いますけど……どうしてですか？」

「いや、お前に似てるならお母さんは相当美人なんだろうな、って思っただけ」

そう言って日野が悪戯《いたずら》を成功させた子供のように笑うので、知春のほうは毒気を抜かれてしまう。幼い頃から言われ続けているとはいえ、こうもストレートなのは久し振りだ。

「愛人が全員美人とは、限らないでしょう……。安直すぎますよ、それ」

「少なくとも光岡のお父さんにとっては、お母さんは魅力的な人だったことは間違いないだろ。お前がこの世に生まれてるんだから」

そして愛人の子と聞くと必ずといっていいほど向けられる薄っぺらい同情や、剝《む》き出しの好奇心も日野からは全く感じられなかった。

知春の『父親』である吉松春幸《よしまつはるゆき》は、この土地の住人なら誰一人知らぬ者はいない、いくつものビルを所有し会社まで経営している有名な大地主である。

吉松は知春の母親と親子以上の年齢差があったことや、彼の持つその財力から当時は金目

当てで子供を産んだのだろうと吉松の親族や周囲からの風当たりは相当だったらしい。

三度の結婚と離婚をした妻達との間にもうけた子供が皆女子だったこともあり、吉松は唯一の男子で生まれた知春を殊《こと》の外《ほか》可愛がり、『知春』という名前も自分の名前から一字とって名付けていた。今でも本妻との子供以上に知春を溺愛《できあい》していると言われている。

吉松の親族から見れば、知春の母親は若さと美貌《びぼう》で当主を誑《たぶら》かした悪女そのものだ。

まだ幼かった知春に、面と向かって罵《ののし》ってきたことも一度や二度ではない。

「…母をそんなふうに言った人は、初めてです」

だから驚きを隠せない知春に、日野は頬杖をついたまま笑う。

「そうか？　光岡を見ていれば、お母さんがきちんとした人だったのは判るけどな」

「もしかしてそれ、皮肉ですか？」

きちんとしていると思っている人間に、あんな誘いをするだろうか？

「いいや？　俺の正直な感想。下心なんかないぞー」

そんな自分の考えを読んだような日野に、知春は僅《わず》かな羞恥《しゅうち》を感じて軽く眉を寄せた。

「もう、帰ってもいいですか？」

「あぁ…あ、そうだ。『塾もほどほどに頑張れ』よー」

「…！」

それは日野と知春しか知らない、秘密の暗号だった。

「…」

知春は一瞬顔を上げ、うっすらと頬を赤らめながら日野にしか判らない仕種《しぐさ》で頷く。

「提出は急がないけど、必ず出せよ」

話はそれだけだと、日野は手をヒラヒラさせて知春に退出を促《うなが》した。


学校で自分がどう言われているかなんて、知春は興味がなかった。

そんなのはずっと以前からだし、授業中の殆どを寝ているのも本当で、塾へ通っているのも嘘じゃない。愛人の子供というのも事実だ。

周囲に言われている以上のことを知春は自分の口から語ることはないので、好き勝手に任せてしまっている。どうせ訂正しても噂《うわさ》をしたい者は皆、言いたいことしか話さない。

だがそれは結果としての事実であって、その意味も理由も周囲の者は知らないのだ。

塾に通うのは大学受験のこともあるが、最大の理由は他にある。

知春は塾の帰り道、街を歩いていた。

塾の帰りなら、遅い時間でも正々堂々と外を歩ける。自宅に真《ま》っ直《す》ぐ戻らずに繁華街《はんかがい》を抜けて土手を巡《めぐ》り、明け方まで延々と歩く。最後はいつも、森林公園の入り口だ。

その場所を見て確認してから、日が昇り始める頃にやっと家へ戻る。

知春が夜に外を歩く理由は、徘徊癖《はいかいへき》でも夜遊びでもなく人捜しだった。

彼は、随分《ずいぶん》以前から一人の人物を捜している。

それは幼い頃に数日の間だけ、夜に会えた少女。

『いつか必ず、大きくなったらもう一度ここで会おうね』

…知春は、夜に家で眠れない。

幼い頃母親が知春が眠っている夜のうちに家を出て行ってしまって以来、一人で眠れなくなってしまった。それは、今でも続いている。

祖父母にあやされてなんとか眠れても夜中に目が覚めてしまうと、いなくなってしまった母を捜して家を抜け出し、あてどもなく歩きまわっていた時に少女と出会ったのだ。

好奇心旺盛《こうきしんおうせい》だった知春は冒険好きで、以前から就学年齢《しゅうがくねんれい》前の子供では考えられない距離を一人で出かけていたこともあって、母親を捜して遠くまで歩くのは苦ではなかった。

場所は自宅から離れた森林公園の入り口。土手を歩いて橋を越え、隣町まで行こうとした時に、知春は人の目を避けるようにして座って泣いていた少女を見つけた。

「…」

少女はベンチに座り、何かを握るようにした両手を顔に押しつけて泣いている。

その姿が人前では明るく笑っていたのに夜になると隠れて泣いていた母親と重なり、知春は思わず近付いてその少女へ声をかけた。

「どうしたの…？　どこか、痛いの？」

「…！」

声をかけられた少女は驚き、泣き濡れた顔を上げる。年齢は小学校高学年くらいだが、幼い知春から見ればずっと年上の少女だ。

「大丈夫？」

再度問いかけた知春を少女はしばらく驚いたように見つめ、照《て》れくさそうに頬を拭《ぬぐ》いながら首を振った。

「ううん…どこも痛く、ないよ。大丈…夫…」

そう言いながら、黒目がちな少女の瞳から大粒の涙が零《こぼ》れ落ちてしまう。

…少女の手は、傷だらけだった。誰かに強く叩《たた》かれたのか、袖口《そでぐち》から見えている腕に痣《あざ》まで見えている。

「…！」

それが痣だと判ったのは、以前知春は父親の親戚だという大人から突然叩かれて痣が出来たことがあったからだ。痣は長い間消えずに痛み、母親を心配させた。

この少女も同じような目に遭ったのかと、知春はたまらずその手を握り締める。

「痛くないよ、怖くないよ…！　僕、手を握っててあげるから、泣かないで…！」

「……！」

少女は自分よりも小さな知春を見つめ、やがて小さく頷く。

「……うん」

黒い瞳が印象的な、儚《はかな》げな美少女だった。襟足が見えるほどの清楚《せいそ》なショートヘアも、彼女の可憐《かれん》さをより惹《ひ》きたたせている。

何よりも知春が印象的だったのは、少女の服装だった。

明らかに洋服とは違う、一緒に暮らしている祖母が着ているようなボタンのない袖のついたシャツを右前であわせるように着ている。たしか着物という服装だ。

やっと小さく笑った少女に安心し、知春もほっと安堵《あんど》の溜息をついた。

「……君の名前は？」

少しハスキーだが、鈴が震えるような優しい少女の声に知春は自分の名前を名乗る。

「ハル」

「……ハル君。ありがとう。ハル君は、こんな時間にどうしたの？　迷子？」

「違うよ僕、お母さんを捜してるんだ」

知春はそう言い、少女の隣に座る。

「お母さんを？」

「うん。……お母さん僕と一緒に寝ていたのに、夜にいなくなっちゃったの。だからきっと、どこかで迷子になっているから僕、捜してるんだ。僕が見つけてあげなくちゃ」

「そうなの」

「だけど…ずっと捜してるのに、見つからないの。お母さん、どこへ行っちゃったんだろう。僕のこと、忘れちゃったのかな…」

母のことを思い出した途端、知春の目にみるみる涙が浮かぶ。

男の子だから泣いたら駄目だとその母から言われてたのに、止められず溢《あふ》れ落ちた。

今度は、少女が知春の手を握り締める。

「大丈夫、お母さんきっと見つかる。だから、泣いちゃ駄目」

「…ほんとう?」

「うん。だってハル君、とっても優しくていい子だもん。そんなハル君をお母さんが忘れちゃったりしないよ。お母さんもきっと、ハル君に会えるの待ってると思う」

「…っ」

少女の励ましが嬉《うれ》しくて、知春はかえってもっと泣き出してしまう。

一度泣き出してしまうと、母親が見つからない不安と悲しみが押し寄せて止まらない。

「お母さん、どこにいるのかなあ…っ」

「ハル君…」

声をあげて泣きじゃくる知春に、少女は手を握ったまま自分の膝《ひざ》を貸してやる。

「大丈夫、大丈夫だよ…」

…知春の嗚咽《おえつ》は、長い時間続いた。

その間少女はただずっと知春の髪を優しく梳《す》きながら慰《なぐさ》め、握った手も離さずに泣きたいだけ泣かせてやっていた。

思いきり泣くことで気持ちが落ち着き、やがてしゃくりあげながらも知春は顔を上げる。

「…ハル君は、どこから来たの？」

問われた知春は自分が来た橋を指差し、家の住所をはっきりと告げた。

迷子になった時に、大人にそう言うようにと母親が繰り返し教えてくれていたからだ。

「そんなに遠くから？　ここまで来るのに、暗くて怖くなかった？」

「怖くない」

「そうか、ハル君は強いんだね。叩かれてここで泣いてたのが、恥ずかしいな」

「…まだ、痛い？」

少女は小さく笑ってから、はっきりと首を振る。

「もう、痛くない。ハル君が、慰めてくれたから。…もう遅いし、お家《うち》まで送ってあげるから一緒に帰ろう？」

「でも、お母さんを…捜さなくちゃ」

帰りたがらない様子の知春に、少女はもう一度首を振った。

「もしかしたらお母さん、お家に帰ってるかもしれないよ？　ハル君がいなかったら、きっと心配してる。…だから今日はもう、帰ろう？」

「…」

母親が戻っているかも知れない、その言葉に期待が生まれた知春は頷いて立ち上がる。

「はい、迷子にならないように手を繋いでくれる？」

「うん」

少女は優しく笑いながらそう言って自分の手を差し出し、再び手を繋いで知春を自宅まで歩いて送り届けてくれた。

「…」

帰りの道、何度見上げても少女は知春に微笑《ほほえ》みかけ、彼に合わせてゆっくりと歩く。

自分へと向けられる少女の笑顔に、知春は母親がいなくなってから初めて自分の中の不安が小さくなるのと同時にたとえようもない安心感に満たされる。

…期待も虚《むな》しくその夜も母親は戻っていなかったが、少女と繋いでいた手のぬくもりに知春は励まされ、そして慰められた。

翌日の夜も知春は家を抜け出した。昨夜のことが夢のように感じられて再び森林公園の入り口に向かうと、また同じ少女がいた。

その時も少女は泣いていたが、知春を見つけると笑ってくれた。

見せてくれるその笑顔に、知春は救われる。

他愛のないことを話してまた少女に家まで送って貰《もら》い、三日目の夜は母親を捜す目的と同じ大きさで少女に会いたくて家を抜け出した。

三日目の夜からは少女は知春を待っていた様子で、短い時間だったが一緒にいる時だけは母親がいない寂しさと悲しみが少しだけ忘れられた。

…四日目の夜に会った時、少女の膝に乗せられていたのは小さな鍵つきのオルゴール。

「ハル君と夜にこうして会えるのは、今夜が最後なの。本当は言わないでさよならしようと思ったんだけど、ちゃんと言わなくちゃいけないから」

「…！」

驚く知春へ、少女はそのオルゴールを差し出す。蓋《ふた》は、開かない。

「だから、ハル君だけに私の秘密を教えるね。あのね…これは、魔法の箱なの。あとひとつだけ、魔法が入ってる。それが、この箱にあった最後の魔法」

「魔法？」

「うん。大切な箱だけど、ハル君にあげる。…魔法は、まだ使えない。でも、ハル君が強い人になったら使えるようになるから。だからその日まで、持ってて」

受け取った知春は、オルゴールと少女を交互に見遣《みや》った。

「いいの？」

「ハル君ならいいよ。だけどこのことは誰にも言わないで」

「どうして？」

「言ってしまうと、魔法が消えてしまう。…だから二人だけの秘密。いつかまた会えた時にその魔法がまだ残っていたら、魔法の秘密を教えてあげる。…これが、鍵」

「この箱があったら、お姉ちゃんと…また会える？」

「うん、また絶対会いたいな。だからハル君もお母さんを捜して、こんな夜遅くに出歩いては駄目。お家の人が心配しちゃう。お家の人に心配かけたら、強い子になれないんだよ？」

「…」

てのひらに乗せられた小さな鍵を見つめていた知春は、それを少女へ返す。

「じゃあ、この鍵はお姉ちゃんが持ってて」

「ハル君？」

「…僕、強くなる。強くなるから、またお姉ちゃんに会いたい。箱を開けちゃったら、魔法がなくなるんでしょう？　だから箱が開かないように、鍵はお姉ちゃんが持ってて。僕も、夜におでかけするのをやめる。だからお姉ちゃんも、もう泣かないで？」

「うん…もう泣かない。この鍵は約束の証《あかし》に持ってる。だからいつかまた、会おうね」

そしてその夜を最後に、少女とは会えなくなった。

知春もまた少女との約束を守り、家を抜け出して母親を捜すことを止《や》めている。

自分が強い人間になるために。いつかまた、その少女と再会の約束を果たすために。

…今思えば、多分それが初恋だったのだ。

オルゴール自体は簡単なしかけだ。振ると軽い音がして、中に何かが入っている。

今の知春なら、ドライバー一本で容易《ようい》に開けられるだろう。

だが知春はそれをしなかった。その中に入っているのは彼女との「約束」だからだ。

名前も憶えていない。教えて貰ったかも知れないが、知春はもう憶えていなかった。

憶えているのは少女がとびきりの美少女だったことと、優しい手のぬくもり、そして泣いていたけれど知春に会うと、笑顔を見せてくれた…その笑顔が酷《ひど》く印象に残っている。

会えたのは夜。場所は森林公園の入り口付近に設置されているベンチ。

他には情報がない。

少女がまだあの約束を忘れずにいてくれたら、会える場所はここだった。

どうせ家に帰っても、碌《ろく》に眠れないのだ。どれだけ疲れていても、熟睡出来ない。

「…だったらあの子を捜していたほうがずっといい」

オルゴールが自分の手許《てもと》になければ、夢だったのかもと思うような曖昧《あいまい》な記憶だ。

まだこの街にいるのか、それとももういないのかすらも知春は判らない。

それでも知春はもしかしたらという思いに駆《か》られて、捜さずにはいられなかった。

もしまた再会出来れば、確認したいこともある。

「…本当に、また会えればいいんだけど」

街明かりは遠く、大きな川は真っ暗で夜の空と繋がっているようにも見えた。

私服で黒を好むのも最初は夜に歩いて目立たないようにするためだったが、次第に自分が夜とひとつになれる…気がして、選ぶようになっている。

土手を歩く時、湿気を含んだ川からの強い風が頬を撫でるのも知春は嫌いじゃないし、一人で寂しい気分も、夜を歩くとどこか慰められた。

だから知春は塾のある平日はいつも、朝日が昇るまで夜の外を歩いていた。

…そんなふうに、いつも一人きりで夜を歩く知春の姿を見つけたのは日野だった。


初めて日野と知春が学校の外で逢《あ》うことになったそもそものきっかけは、高校に入った一本の匿名《とくめい》電話だ。

『そちらの高校の生徒と思われる男子が、ホテル街をうろついている』

悪戯の場合でも、通報を受けてしまえば学校として対応しないわけにはいかない。

遅くまで小テストの採点をしていた教員達と教頭、運悪くちょうど帰るところだった日野も頭数に巻き込まれて街へ見まわりに出ることになった。

比較的街中にある奥川高校は校外で問題の多い学校ではないが、以前にあったトラブルにより他校よりはやや神経質に、要請《ようせい》があれば見まわり等をおこなっている。

ピークは長期休暇の後で、今日のような土曜日にも通報が多い。

「日野先生はちょっと遠回りして戴《いただ》いて、帰り道のついでに見てくれればいいですから」

気を遣った風な教頭の言葉だったが、言われたちょっと遠回りの道がホテル街である。

駅の中心街から横道にそれた、ゆるやかな坂道で分岐《ぶんき》している細い道沿いに多くホテルが集中していることから地元ではこの坂道一帯を指してホテル街と呼んでいた。

上司から頼まれてしまえば、年齢も若い新人の日野に拒否権はない。

「学校は私服なんだからウチの生徒とは限らないだろうに、どうやって見分けてるんだ…学校も微妙に人使いが荒くて、俺の本業忘れられてるよなあ…ん？」

日野が向かう先、その中でも目立たない小さなホテルの出入り口に高校生くらいの姿がある。傍らにバイクに跨《また》がり、ライダースーツにヘルメットを被《かぶ》った男が立っていた。

「…あれは」

私服姿だがほっそりとした体と、女の子に見紛《みまが》う優しい顔立ち。

目を惹く整ったその横顔に、日野は見覚えがあった。二年の光岡知春。

うっかり見つけてしまった己の視力の良さを恨みながら、日野は少し離れた場所で足を止めて何かやりとりをしている彼の様子を見ていることにした。

日野に背中を向けているバイクの男は自分の手許に何かを握り締め、応じて手をのばした知春のてのひらへ乗せる。夜の暗さで何を受け取ったかまでは、はっきり判らない。

あれがもし、近隣《きんりん》の学校に通達されている援助交際の交渉現場だったとしたら。

「…おい！」

まさかと思うより早く、日野は声をかけてしまっていた。

「…！」

聞こえて来た声に知春は驚いて顔を跳ね上げる。と同時に教師の日野だと判ると顔色を変え、背中を向けて駆け出した。バイクも一瞬日野を振り返り、そのまま走り去っていく。

「あ、バカ逃げるな…！」

日野は小さく舌打ちすると、知春の後を追った。


夜九時以降の外出は校則で禁じられている。塾は夜の九時過ぎまであるので帰宅時間を含めると校則違反になるのだが、学校側に申請していれば帰宅時間分の猶予《ゆうよ》があった。

しかしそれも通行止めなどの余程の事情がない限り、申請した帰宅に使う道以外の場所で見つかった場合も違反対象になってしまう。

知春はわざと同じ学校の生徒がいない、レベルの高い遠い塾を選んで通っていた。

もちろん帰宅時間を遅くして、約束の女の子を捜すためだ。

校則違反とはいえ四六時中教員が街中を巡廻《じゅんかい》しているわけではないから、実際は『運悪く見つかったら処罰《しょばつ》もの』程度の威力《いりょく》しかない。学校側も承知している。だから知春も人目を避けているとは言え、夜遅い時間まで出歩くことが出来ていたのだ。

こんな厳しい校則があったと事前に知っていたら、知春は今の高校を選んでいない。

「うー…どうして逃げ出しちゃったかな。とりあえず今夜は帰ろう」

一度建物の陰に隠れて足を止めた知春は、来た方向とは逆に走り出しかける。

「!?」

その腕を知春は捕《と》られた。勢いのまま引かれて振り返ると、摑《つか》んでいたのは日野だった。

「日野先…！」

日野は知春の口元を空いてる手で塞《ふさ》ぐ。

「バカ、誰が聞いてるのか判らないこんな場所で名前を言うな。よりにもよって、なんであんな目立つところにいるんだ…！　逃げなかったらなんとでも言えたのに」

「どうして、先生がここに…？」

知春の口元を柔らかく押さえたまま、日野は抑《おさ》えた声で続ける。

「生徒がこの辺うろついてるって、近隣住人から通報があったんだよ。それで学年主任と教頭達もこの近くに巡廻に来てる。…こんな時間にこんな場所で、何をしてたんだ?」

「それは…」

言いかけた知春の声を遮るように、二人の間でお腹《なか》が鳴る音が響いた。

「…光岡、腹減ってるのか?」

「…」

羞恥に頬を染めながら、知春は頷く。

「じゃあちょっと来い」

「え⁉」

腕を捕られたままなので、知春は日野に引っ張られる形で歩き出す。方向は駅のある繁華街とは反対の、土手へ向かう道だ。

日野は知春の腕を掴んだまま、携帯電話《スマートフォン》を取り出す。

「もしもし? 教頭先生? 日野です、お疲れ様です」

「…!」

知春がいた場所は当然塾から駅に向かう道ではない、生徒を見つけたと学校に突き出されるのかと緊張で体を硬くした彼を、日野は背中越しに振り返って一瞥《いちべつ》しただけだった。

「…一応何度か往復しましたが、生徒らしき姿は見かけませんでした。いえ、私はこのまま帰らせて戴きますので、皆さんで飲みに行って下さい。…はい、よい週末を」

聞こえて来た教頭への報告に、知春は驚きで目を見張る。

「…どうして？」

日野はこの二学期から赴任した臨時の教科担任で、特別に庇《かば》われる謂《い》われがない。

「なんだ、学校に報告されたほうがよかったのか？」

「…っ」

まさか、と知春は慌てて頭《かぶり》を振る。

やや早足でホテル街の裏手側の道を抜けてから日野は摑んでいた腕をようやく離し、改めて知春の手を握り直す。

しっかりと握った日野の手は知春の手よりも大きく、そしてあたたかかった。

「俺の手を振りほどいたら、速攻で学校へ報告するから離すなよ」

口調は柔らかで静かだが、ほぼ脅《おど》しの内容だ。日野はそのまま土手へと向かう。

「一体どこへ…？」

日野は振り返り、含みのある様子で笑う。そして無言で川の向こう側を指差した。

あるのは隣町との間にある広い森林公園で、そうでなければ坂の上にある寺しかない。

どうやらそれ以上は教えてくれる気はないらしい日野の様子に、行き先を聞き出すのを諦《あきら》めた知春はおとなしく彼の後をついていくしかなかった。

「…」

成人している日野のほうが長身だが、知春は少し後ろから手を繋いだままでも歩くのが辛《つら》くないことに気付く。…日野が自分に歩調を合わせているので、まるで散歩のようだ。

知春はこんなふうに、誰かと一緒に夜の外を歩くのは初めてだった。

深夜遅くにすれ違う人もいるし、声をかけてくる人もいる。

そんな時は逃げ出した猫を捜しているのだと言えば、疑われることもない。

だが今夜は、誰かと一時《ひととき》擦《す》れ違うだけの夜とは違っていた。

やがて日野は橋を渡り、森林公園に向かう。

「あ…」

かつての約束の場所、森林公園の入り口に近い場所にあるベンチ。傍らにはアンティークなデザインの街灯が立っている。

今夜も、そこには誰もいなかった。

日野はそんなベンチなど気にした様子もなく前を通り過ぎ、先へ進んだ。

森林公園の中の道は、隣町への近道にもなっている。土地勘のある者は皆この道を使うが、夜の十時をまわる今くらいの時間では人がいない。

日野はこのまま隣町にでも行く気なのだろうか。

「先生」

さすがに不安になって声をかけるが、日野は知春を無視して歩みを止めない。

無意識のうちに歩く速度が落ちた知春の手をやんわりと引き、先を促した。

やがて公園を抜けてあと何本か道路を抜ければ隣町、という手前で日野は横道に入る。

「この先は…」

上り坂になっているこの先は、この土地で生まれ育った者なら誰もが知っている古くて大きなお寺があった。剣道の道場も開いている長元院《ちょうげんいん》という名前の寺だが、地元では「坂上《さかうえ》の寺」で通じる。

「はい、到着」

日野は勝手知ったる様子で寺の門をくぐって境内《けいだい》を抜け、敷地内にある離れに向かう。

そう言って日野は離れの玄関前で、やっと繋いでいた手を離した。

「ここは…?」

「俺ん家《ち》だ。この離れ《部屋》を借りてる。元々蔵を改築した建物らしいけど。上がっていけよ」

「どうして…先生の部屋に?」

日野は上着から取り出した鍵で玄関を開けると、知春を中へ促す。

「夜遅くに外にいたら目立つだろ? ここは、俺しか住んでないから。あと、時々猫」

「…お邪魔、します」

有無も言わさない雰囲気に負けた知春は、礼儀正しく小さく頭を下げてから中へ入る。

日野はスーツの上着を脱いでネクタイも緩めると、キッチンへ向かった。

「そこらへん、テキトーに座ってろ。チャーハンなら食えるか？」

「えっ？」

驚いて振り返った知春へ、日野は料理をするために腕まくりしながら首を傾《かし》げる。

「えっ…て、腹、減ってるんだろう？　俺も飯まだなんだよ。すぐ出来るからつきあえ」

「でも…」

「家で飯を作って待ってる？」

「いえ、夕飯はいつも外で食べてます。どうして…」

キッチンへ引っ込んだ日野が、顔だけ出して行儀《ぎょうぎ》悪く中指を立てた。

「まず食ってから、話はそれから。パントリーはあっち。作ってる間に手を洗ってこい。タオルはそのへんにあるやつ自由に使っていいから。テレビもつけていいぞ」

日野は学校にいる時と同様どこか飄々《ひょうひょう》としているし、言葉遣いも威圧的《いあつてき》ではない。なのに妙に逆らい難《がた》くて、知春はおとなしく言われるまま手を洗って戻ってくる。

そして居間のソファに腰を下ろした。テレビは普段から観る習慣がないので、電源を入れる気にはなれない。

暇《ひま》に任せて部屋を見渡すと、男の一人暮らしにしては随分綺麗に片付いている。

片付いている…というよりは、必要最低限以外の物が殆どない。テーブルの上には今日の朝刊と閉じられたノートパソコン、その横に何冊かのバインダーと電卓と書きかけのレポート用紙が広げられているが、自然と増えていく生活感を感じる雑然としたものは一切見当たらなかった。家具こそ違うが、まるでホテルの部屋のような素っ気《そけ》なさだ。

日野が知春の高校へ赴任してきてまだそんなに経《た》っていないことから、ここへ引っ越して来て間もないのだろうか。そう考えると、納得出来る部屋の中だった。

部屋はロフトもある平屋《ひらや》で、居間とキッチン、そしてバスとトイレがそれぞれ独立している。リフォームしたばかりなのか、水まわりも比較的新しい仕様《しよう》で整えられていた。

玄関先もゆとりがあって広いし、周囲にある下手《へた》なアパートよりも余程いい間取りだ。

「…天井が、高い」

程よい固さのソファの背もたれに寄りかかって高い天井を見上げると、蔵の名残《なごり》の太い梁《はり》が見える。はしごを降ろして使うロフトは物置代わりなのだろう。

猫がいると日野は言っていたが、今のところ部屋には見当たらない。

「…初めて来たのに、なんだか落ち着く部屋だな」

心地好さに目を閉じると、外から遠くかすかに雨のような音が聞こえてくる。

直接は見えないが日野が食事を仕度してくれる音と混ざりあい、不思議な浮遊感を生んでいた。これは、家庭の音だ。知春は深呼吸をして、その感覚に意識を預ける。

「光岡」

「…！」

どのくらい時間が経ったのか、知春は日野に軽く揺り起こされて目が覚めた。

目を開けると、トレイを手にした日野が上から覗《のぞ》き込んでいる。

「起こして悪いが、飯が出来たぞ」

「もしかして…俺、寝てました？」

いつの間に寝てしまったのだろう、覚えがない。しかも、初めての場所で。

自分のことなのに信じられなくて疑問形の知春へ、日野は頷く。

「寝てたみたいだな、でもそんなに時間は経ってないと思うけど」

手で擦《こす》る目が重く、まだ眠気を訴えていた。だけど、寝不足特有の体の重さは感じない。

知春を起こした日野は、大盛りのカレーチャーハンとスープカップをテーブルへ移す。

「…」

ランチョンマットを敷いて、用意をしている日野の姿を知春はぼんやりと見ていた。手伝わなければ、頭ではそう思うのに体がまだ半分夢心地でいる。

それでも皿からの美味《おい》しそうなカレーの匂《にお》いが、寝起きの知春の食欲を刺激した。

いつもここで食事をしているのか、ソファの前にあるガラステーブルに二人分を手際よく並べた日野はソファに座らずに知春の斜向《はすむ》かいに腰を下ろす。

「おまたせ。味は男飯だから諦めろよ。訊《き》く前に作ったけど、アレルギーとか大丈夫か？」

「大丈夫です、いただきます」

出されたチャーハンを口に入れるとカレーの味が広がり、食べる手が止まらなくなる。

「美味《うま》いか？」

「はい」

問われ、知春は食べながら素直に頷いた。

「そうか」

お腹が空《す》いていたことを差し引いても、少年らしく豪快に美味しそうに食べる知春の様子に日野は嬉しそうに笑う。こうして改めて見ると、人好きする笑顔を浮かべる男だった。

男子校だから秀麗《しゅうれい》な日野の容姿について騒がれることはないが、もし共学か女子校だったら女子生徒達から相当モテただろう。そんな人当たりの良さが、日野にはあった。

「これ、先生が作ったんですよね？　普通に美味しいんですけど」

「おー、大学の時に東京で一人暮らししてたからな。当時の彼女が料理が凶悪に下手で、作ってやっているウチに覚えたんだよ。ここはキッチンが広いし、今は殆どここで自炊《じすい》」

スープはさすがにインスタントだったが、チャーハンは家庭の味だ。肉はコンビーフで、チーズも味のアクセントになっている。ジャンクな味だが、むしろそれが美味しかった。

「先生、彼女いるんですか？」

「大学ん時にはいたけど、別れた」

「どうして？」

「んー…簡単に言うと、大人の事情ってやつかなー」

「先生が振られたんですか？」

「おい…言いにくいことを言わないことも、大人の嗜《たしな》みなんだぞ…」

「すみません」

「まあ、昔の話だし」

「…今は彼女いないんですか？」

ふいに好奇心から重ねて訊いた知春へ、日野は眉を寄せる。

「いーまーせーんー。…この部屋見て判るだろう？」

「はあ…まあ…そうですね」

言われてみれば確かに女性の気配はここにはない。手を洗う時に使わせて貰ったパウダールームにも、置いてあった歯ブラシは一人分だった。

それから特に話すこともなく、二人は黙々と皿の中を片付けていく。会話はないが、以前からそうだったかのように、沈黙することで生じる気まずさを知春は感じなかった。

やがて食事が終わる頃、日野が前置きなく唐突《とうとつ》に切り出す。

「…で？　光岡はあんなホテル街のど真ん中で、何をしてたんだ？」

「それは…塾の、帰りです」

「塾の帰りにしても、あんな道通らないだろー。言いかたを変えるか？　あの男と、何をしてたんだ？　何か受け取っていたようだったが」

即座に否定され、知春は最後の一口をスプーンで口に運んでから続けた。丁寧《ていねい》に両手を合わせて、ご馳走様《ちそうさま》をする。そんな所作に、知春の行儀《ぎょうぎ》の良さが窺《うかが》えた。

「俺が、落とし物をして。バイクの男性に拾って貰ったんです」

嘘ではない。土手へ向かおうとして急ぎ足で歩いて、横断歩道の途中で定期を落としてしまったことに気付かなかった。信号待ちしていたバイクの男性が偶然それを見ていて、後を追って声をかけてくれたのだ。

「…ふうん？　わざわざホテルの前で？」

「本当、です。立ち止まったのがあの場所だっただけです」

正直に告げているのだが、寄り道する気でいた知春は後ろめたさに言い淀《よど》んでしまった時点で負けだった。

「じゃあ、夜にいつも出歩いているのは？　…おそらくは、塾が終わった後で」

断定の日野の言葉に、俯《うつむ》きがちだった知春は顔を跳ね上げる。

「…！　あ…」

そんな知春を、日野は真っ直ぐ見つめていた。

「そ、れは…」

そんなことは知らない、と突っぱねてしまえばいいのに知春は言葉が詰まる。

何故《なぜ》日野は、そのことを知っているのだろう。

視線から逃げて俯いて返事が出来ない知春の耳に、日野の溜息が聞こえた。

「やっぱり、あれはお前か…」

日野は今日のことだけではなく、このことを訊くために部屋に呼んだようだった。

「…」

「目的は？　夜遊びか？　愉《たの》しい友人でもいるのか？」

違うので、知春はすぐに無言で首を振る。

「何か事情があって、家に居難《いにく》いのか。飯も外で食ってるんだろう？」

「…違います。御飯は、いつも塾で夜が遅いので、外で食べるようにしているだけです」

「じゃあどうして、夜に出歩いているんだ？」

「散歩…です」

「…散歩。いつもあんなふうに、明け方近くまでうろうろしてんのか？」

知春は俯いたままでぎこちなく頷く。何故か人を捜していると、正直に言えなかった。

日野はそんな知春の姿を…少なくとも、数回以上目撃していたようだった。

「こうして教師の俺にバレても、続ける気か？」

「学校に、言うんですか」

塾がある日はほぼ毎晩、明け方近くまで外を歩いている。そのことが学校に知られてしまえば間違いなく問題になり、下手をすれば退学だ。

「学校に言うか言わないかは、光岡次第だなー」

「俺を脅すんですか？」

「お前が正直に事情を言わないならな」

「俺、お金なんかないですよ」

真面目に返してくる知春に、日野はわざと眉を寄せて手をヒラヒラさせた。

「金なんか要《い》るか。学生から金搾《しぼ》り取ったって、たかが知れてるだろ」

日野は一度言葉を切り、続けた。

「光岡、学校には黙っててやるから俺と契約しろ。…俺の愛人になれ」

「愛人…て、先生、俺男ですよ⁉　どれだけ欲求不満なんですか」

驚きで声が裏返りそうになる知春を、日野はやんわりと制した。

「知ってるよ、男子校だろーが。光岡が男なのも判ってる。だから言ってるんだろ。それに俺は欲求不満じゃ、ない」

「先生の言ってる意味が判りません。だったらどうして俺なんかに？」

「女性にこんな無理《むり》強《じ》い出来るか。犯罪だ」

「男でもそうですよ…！　先生は、男が好きなんですか？」

知春のもっともな問いに、日野はわざと渋面《じゅうめん》を浮かべて腕を組む。

「おーい、大学時代に彼女がいた、っつっただろ。男が好きなんじゃなくて、男も平気なだけだ。卒業するまでの間、光岡が俺と愛人契約を結ぶのなら夜の散歩のことは他言しない」

「なんで…そんな…！　処理したいなら、風俗でもなんでも行けばいいじゃないですか」

「お前ならタダだろ」

「…！」

悪びれた風もなく言われ、知春は言葉が続けられなくなってしまう。

「…一応訂正しておくけど、これは『脅し』じゃなくて『契約』な。光岡にとっても悪い条件じゃないと思うが？」

「脅迫《きょうはく》にしか、とれません…」

声を絞り出す知春に、日野は人差し指を立てる。

「万が一表沙汰《おもてざた》になった場合、お前は『教師の立場を利用して関係を無理強いされた』と言えばいい。そうすれば俺は社会的信用を失う。…だからこれは提案であり、契約だ」

「どうして…そこまで」

「だって光岡は、夜の散歩を続けたいんだろう？　だから少しだけ協力してやるよ、ってコト。…その代わり、お前が夜に出歩く理由を俺は一切訊かない」

「その見返りに俺の…体、なんですか？　どうして？」

「光岡は男だし、俺と肉体関係をもったからと言って妊娠のリスクもない。他人に自慢出来るほど場数を踏んでいるわけじゃないが、愉しいことを教えてやれるぞ？」

「…もし、俺が先生のその提案を拒んだら？」

「…」

その問いに、日野は無言で知春を見つめる。

契約と言いながらほぼ脅迫の提案をしているとは思えないほど、日野は穏やかだ。

この申し出を拒めば、日野は学校側に言うだろう。何故なら黙っている理由がない。

長い沈黙の後、知春は覚悟を決めて顔を上げた。

「俺に、拒む権利はないんですね」

「判断は光岡に任せるよ。俺は別にどちらでもかまわないし」

「…判りました。先生と契約をします。その代わり、本当に約束を守ってくれますか」

日野は嘘《うそ》をついていないと示すように、右手を軽く上げる。

「誓うよ。契約書でも交わすか？」

知春は首を振る。その契約書が、かえって自分の首を絞める可能性だってある。

「いりません。俺は先生を、信じます。…それから、ひとつだけ教えて下さい」

「なんだ」

「どうして、俺を…愛人、にしたいと思ったんですか？　俺が女なら、ともかく」

「性別に拘《こだわ》るんだなあ。セックスを愉しむだけなら、あんまり性別は関係ないぞ。…光岡に触れてみたいと思ったんだ。お前は信じないかも知れないけどな」

そう言って日野は手をのばし、知春の柔らかな頬に触れた。

知春は逃げずに、そんな日野を見つめ返している。

「…男子校だから、あの学校へ来たんですか？」

緊張はある、だけどそれ以上に別の興味が浮かんで知春は身動《みじろ》ぎすら出来ない。

「だーかーら。誤解があるみたいだから言っておくが、俺は光岡以外の野郎とこんなことしたいとは微塵《みじん》も思わない。選ぶなら女一択《いったく》だな」

まるで手に乗った小鳥を撫でるように、日野の指が知春の頬を優しく滑る。

知春は自分が性欲の対象として見られているのに、不快を感じないのが不思議だった。

不快どころではない、むしろ撫でられる心地好さに混ざって期待まで生まれている。

「…キスしても大丈夫？」

恥ずかしくて頷くことも出来なくて、知春は答えの代わりに目を閉じる。

それが、知春からの精一杯の了承の合図だった。

撫でていた指が顎にかかり、少し上を向かされるのと同時にしっとりと唇を封じられる。

唇をつつくようになぞられ、反射的に薄く口を開くと日野の舌が滑り込んできた。

「ん…ふ」

思わず零れ落ちた濡れた吐息に、日野が小さく笑ったのが伝わってくる。

それが無性に悔しくて、知春のほうから積極的に顔を寄せた。

「ムキにならなくてもいいのに」

そう言って慰めるようにチュッ、と鼻筋にキスをしてくれる日野の仕種に慣れを感じる。自分の所有物のような傲慢《ごうまん》な扱いでもなければ、性処理が出来ると欲望を剝《む》き出しにしている行為でもない。

日野から伝わってくるのは、好きな女性をリードするような優しい配慮《はいりょ》だった。

「…風呂、とか入らなくてもいいもの？」

「入る？　でもその前に、家に電話しろ」

「なんで…この時間なら、もう寝てる…」

「いいから」

強引に言われた知春は鞄《かばん》から渋々携帯《スマホ》をとりだすと、家の固定電話の番号を押す。家に電話をかけさせて、一体どうするつもりだろう。

「ん」

呼び出し音が鳴る間、それを寄越せと手を出した日野にスマホを手渡した。

コールしてすぐ、聞き慣れた祖父の声が響く。

『…もしもし、知春か？　どうした』

「光岡君の保護者でいらっしゃいますか？　夜分遅く失礼致します。私、奥川高校で教科担当をしております日野と申します。実は光岡君が塾の帰りに具合が悪く…ええ、ちょうど居合わせまして。私の家が長元院なので…そうです坂上の…日野です。少し私の家でお預かりさせて戴きます。あまり遅くなるようでしたら、明日お送りするようにさせてください」

「…」

教師の言葉と言うよりはどこかの遣り手の営業マンのような、流れるような嘘の説明に知春はぽかん、と日野の顔を見つめてしまう。

「はい、失礼致します。…何」

受信ボタンを切った日野は、半分呆《あき》れた表情を浮かべている知春へ首を傾げた。

「よく…そんな、すらすらと嘘が出るものだと…あと、教師の口調じゃない」

「家にこう言っておかないと、後で面倒になるだろ。絶対今の電話が、しておいてよかったってことになるはずだから。それと俺は元会社員《サラリーマン》、なのー」

「そうなんですか?」

「そうですー。教職免許を持っていたからあの高校に採用されただけで、本職は別。それでサラリーマンやってたって話」

「本職って?」

「大学三年まで昼間は大学の授業受けて、夜は専門学校通って資格取得したんだ。その後必要な実務やって、教職免許の教育実習に出た時はさすがに死ぬかと。いや、俺のことはいいんだよ…風呂、入るんだろ？　一緒に入って、体洗ってやろうか？」

「…！　バスルームの場所だけ、教えて下さい！　一人で入れます…！」

知春は羞恥の勢いのまま立ち上がり、日野も場所を教えるために笑いながら続く。

そして短時間で出てきた知春と交代に、日野がゆっくりシャワーを浴びて戻ってくる。

「お待たせ。…寝室こっちだ」

寝室、という具体的な単語が、これから先にあることをリアルに伝えているようだ。

知春には肌触りのいい浴衣《ゆかた》を貸し、自分はバスタオル一枚の姿で襖《ふすま》で隔《へだ》てられていた寝室へ案内する。

何かスポーツでもしていたのか、均整《きんせい》のとれた日野の体は鍛《きた》えられてよく引き締まっていた。着痩《きや》せするタイプらしく、普段学校で見かけているスーツ姿からは想像出来ない。

案内された寝室にはセミダブルのベッドとクローゼットが置かれていた。

居間よりは雑然としているが、プライベートなこの部屋も掃除が行き届いている。

「怖かったら、帰っちゃってもよかったのに」

なるほど、それで日野はわざと時間をかけて入浴していたのだと知春は気付く。

「…約束、したし」

「声、硬いぞ？　あー…それから」

「？」

「もし俺にされてて、生理的にどうしても駄目だって感じたら…途中でも必ずやめるから。それは我慢《がまん》しないで教えてくれ。気持ち悪くなったり、嫌悪感でもいい」

「どうして、ですか？」

これからこの部屋で自分と関係を持つつもりでいる男の言葉とはとても思えなくて、知春はつい訊き返してしまう。

そんな知春の髪を、日野は梳いた。シャワーで、まだしっとりと髪が濡れている。

「俺とのことで、まだ若い光岡が性行為に対してトラウマになったら将来困るだろ。脅した俺が言っても説得力ないとは思うんだが…無理強いするつもりはないんだ」

「脅した自覚はあるんですね」

「そうでもしないと、お前と出来ないからそうしただけー」

「先生のほうこそ、野郎の俺で勃《た》つとも思えませんけど」

「お前以外にそんな気にならないって」

優しいのかそうではないのか判らない男だが、行為を強要《きょうよう》するつもりはないらしい。

それが判って少し安心した知春は、訊くのを諦めて小さく息を吐《は》き出す。

「俺、どうしたらいいですか？」

「光岡、もう女知ってる？」

「…いいえ」

「へー。モテそうなのに」

頷いた日野は知春をベッドへと浅く腰かけさせ、自分はその前へ跪《ひざまず》いた。

「恥ずかしかったら、目を閉じててもいいからな」

日野はそう言うと、おもむろに知春の両膝を左右へ広げてしまう。

知春自身覚悟があったのか、浴衣の下は何もつけていなかった。

「せ、先生…！」

「あーやっぱり、若いなー。綺麗だし。…意外と薄いんだな、お前。柔らかいし」

口笛でも聞こえて来そうな日野の感想に、知春は頬が熱くなるほど紅潮《こうちょう》する。

「そんなトコ、まじまじ見るな…！　触…」

「見ないわけないだろー。言えるのも今のうち。すぐそれどころじゃなくなるから」

日野はそう言うと、手を添えて躊躇《ちゅうちょ》なく知春自身を口に含んでしまう。

「あ…！」

生まれて初めてされた行為に感じ過ぎ、知春の全身がビクリと弾む。

反射的に自分から引き剝《は》がそうとする知春の手を、日野はやんわりと退けた。

「先に一度達《イ》かせてやるから。女にでもフェラされてると思って、目をつぶってろ」

「…っ」

知春自身を咥《くわ》えたまま言われ、その度に性器に触れる日野の舌に膝が震えてしまう。

年相応に自分の手で慰めることはあっても、誰かに口でしてもらうのは初めての体験だった。友人とふざけて抜きあったこともない。

「ぁ、あ…」

想像以上のダイレクトな刺激に、知春は一瞬で全身に火がついたような感覚に襲われる。目を閉じるほうが感覚が研ぎ澄まされて逆効果だと判った知春は目を開く。熱く痺《しび》れるような背中を這《は》い上がる快感と、日野に奉仕をされている自分の姿に血液が体の中心へと集まっていく。知春自身が変貌《へんぼう》を遂げるまで時間がかからなかった。

「先、生っ…も、や…やだ…」

悲鳴に近い知春の声に応じ、日野は焦《じ》らすようにゆっくり屹立《きつりつ》する彼自身から唇を離す。

「嫌そうには見えないけどなあ。続きは手と、唇と好きなほうで。…どっちがいい？」

「…手、が」

これ以上口でされたら、当分忘れられなくなってしまう。それに男同士だと判っていても、日野の口の中で射精《しゃせい》してしまうことには恥ずかしさも伴ってかなり抵抗があった。

「…」

そんな知春の心情を察し、日野は彼の内腿《うちもも》へと音をたててキスをしてから立ち上がり、ベッドへと片膝を乗せる。

少し硬めのベッドが日野の重みの分だけ、僅かに沈む。

知春の背へと手をまわして体を寄せてやりながら、日野は浴衣をもっとたくし上げるとその中へと手を這わせた。

「…んっ」

滑り込んできた手に自身を直接握られ、知春はシーツを摑む。

「あ…！」

自身に、熱くて硬いものが触れた。見て確かめる前に、それが同じ日野自身だと判ってしまう。年齢や体躯《たいく》差もあるが、成人している彼自身は自分のものとは全く違っていた。

「…っ」

男同士でのセックスはどうやるかは、知っている。もっと変貌を遂げるであろう日野自身をこれから自分が受け入れるのだと思うと、これまでに感じたことのない痺れが知春の腰を疼《うず》かせた。

「友達とか、野郎同士でこんなふうに抜きっことかしたことあるか？」

「ない…」

「そうか」

日野は自分と知春自身を一つ手にして、自分自身を擦りつけるようにしてやりながら再び知春を追い立てていく。

シーツを摑んでいた知春の利き手が刺激に感じて、宙で何かを摑むような仕種を見せた。

「俺の、触《さわ》れる…？」

日野は励ますように知春の頬へとキスをしてから、所在なげだった彼の手を導く。

「ん…」

知春は誘導されるまま上から日野の手に包み込まれた状態で自身に指を絡め、自分を慰め始めた。その刺激とは違うタイミングで日野も知春に奉仕を続ける。

「…やらしー顔」

「…っ」

知春に彼自身を握らせたのは好みの自慰《じい》のタイミングを知るためと、他人の前で自分を慰める羞恥を煽《あお》るためだ。自分の刺激に、一瞬でも我を忘れられれば快楽が割り込んでくる。最初なら尚更《なおさら》もっと抵抗があると覚悟していたが、意外にも知春は従順な反応だった。

「あっ…」

殆ど時間をかけず、知春は限界を迎える。堪《こら》えようとしても、日野が赦さない。

日野もまた自分と同じように硬くなってきていることに、知春の体はさらに煽られる。

「…いいよ、手の中に出せ。いつもタオルとかティッシュだろ？　それかシャワー中」

同性ならではの具体的すぎる言葉に、知春の頬がもっと赤くなる。

「で、も…先生の手が、汚れる」

「いいから、ほら」

あやすようにしていたはずの日野の手に、周期的に襲ってきていた快楽のタイミングに合わせて一際強く刺激を与えられた知春はひとたまりもない。

「あ…！」

我慢出来なくて日野の手を自分から離すよりも前に、彼の手の中で達してしまう。放たれた体液が自分の下半身を熱く濡らす恥ずかしさと、達した痺れに知春は目をぎゅっと閉じて耐える。日野はそんな彼の膝を抱え上げ、ベッドの上に俯《うつぶ》せにさせた。

「ちょっと慣らすから、じっとしてろよ…」

「え…？　あ…！」

俯せた知春の細い腰を掬《すく》うように膝を立たせ、日野はローションで濡らした指で花弁に刺激を与えてやる。

「や、やだ…」

「こうしないと挿入《そうにゅう》出来ないだろ」

「う…」

口調は乱暴だが、日野の仕種は肌の上を羽毛で触れるような繊細さだった。思わずシーツを摑む知春の様子を窺いながら、括約筋《かつやくきん》の緊張が解《ほぐ》けるように慎重に愛撫《あいぶ》をしてくる。

同時に前も刺激を与えて、知春が受け入れやすいように指を増やしながら沈めてくる。

「気持ち悪いか？」

「大、丈夫…」

初めて感じる異物への違和感はあるが、耐えられない程ではない。

どころか日野の指は、触れると電流が走ったように痺れる場所を探しあてなぞっていた。

「やぁ、あ…」

時間をかけて解されるのは花弁だけではなく、知春の理性と羞恥も日野は和らげていく。

まだ挿入すらされていないのに、知春は体中の力が抜けてしまいそうだった。

「…途中でも、辛かったら言えよ」

「うん、うんっ…」

次第に増やされて蠢《うごめ》く指にむず痒《がゆ》さすら感じるようになった頃、囁《ささや》かれた日野の言葉に思わず頷いてしまうくらい知春は指だけで翻弄《ほんろう》されてしまっている。

花弁への刺激など自分でしたこともないし、考えたこともなかった。生まれて初めてされているのに気持ちよすぎて、感じっぱなしの恥ずかしさが興奮に変換されてしまっている。

「光岡に合わせるから、力を抜いてろよ…」

「あ、あぁ…！　いや、あ…！」

拡《ひろ》げられた花弁に先端が押しあてられ、知春の呼吸に合わせて堅く屹立した日野自身が侵入してくる。内腿に伝うほど潤滑剤で濡らされているのに、彼の熱さとメリメリと音が聞こえてきそうなくらいの肉襞《ひだ》を拡げられる痛みで、知春は悲鳴すらあげられない。

「もう、ちょっとだから…息、詰めるな光岡…キツい」

「出来、な…んんぅ…ぁああ！」

日野は無意識に逃げる腰を支え、深く結合を果たしていく。痛みに萎《な》えた知春自身にも指を絡め、挿入される痛みと緊張で強張《こわば》る体を宥《なだ》めるように何度も優しく撫で擦《さす》ってやる。

「ぁ、あ…！」

柔らかな知春の肢体は前戯だけで蕩《とろ》けそうに馴染《なじ》んで反応がよく、強烈な痛みは受け入れる時だけだと察していた日野は負担が一番少ないタイミングで自身を全て彼の中に沈めた。

「光岡…もう全部、入った」

「…っ」

「俺もキツいから、あんまりそんなに締めつけるな」

「無、理…」

「そうか」

細い知春の体が、ままならない呼吸に鞴《ふいご》のように肩から大きく揺れている。

自分の中にいる日野自身は脈動《みゃくどう》して熱いのに、彼の指先は冷たく心地好かった。

体が結合に馴染むまで待っている間、日野はずっと彼の全身をてのひらで慰撫《いぶ》してやりながら額に浮かぶ知春の汗を背後から拭ってやる。

日野は急《せ》くことなく、知春の全身から緊張が和らぐまで辛抱強く待った。

撫でられる心地好さにやがて知春が小さく、息を吐く。それが、合図だった。

「もう大丈夫か？」

「…うん」

確認に優しく訊《たず》ねてくれる日野の声を聞いていると、胸の奥が疼く。

合意とは言えなかば無理強いに近い状況でこうして支配されているのに、どうして屈辱感を感じないのか知春自身判らない。

不意に浮かんだ好奇心に、汗の浮かぶ額をシーツに押しつけたまま知春は振り返る。

「もしかして先生も、痛いのか…？」

「痛いよ。お前の中、キッツいし。だけどしんどいのは、圧倒的に光岡のほう」

「そう…なんだ…？」

「そうなの。…だから、これ以上駄目そうならここでやめる。…どうする？」

「…」

知春は小さく首を振り、自らねだるように腰を甘く揺らした。

歯を食いしばるような痛みがあったのは、本当に最初だけだった。

「ふ…んぅ…」

耳を塞ごうとしても聞こえてしまう、抽挿《ちゅうそう》の律動に合わせて繰り返す濡れた音が寝室に響き、さらに知春の羞恥を煽る。

「やっ、…んせ、先生…」

「光岡…」

こうして誰かと肌を重ねたことも、自分の中に受け入れたこともない。なのに体が以前からその悦《よろこ》びを知っていたように感じ、もっと奥へ日野を欲しがって腰が動いてしまう。

こんな感覚は、生まれて初めてだった。

「い…」

「光岡？　キツいのか…？」

結合していて伝わってくる知春の反応から、大きな負担にはなっていないはずだ。

それでも心配して声をかけた日野へ、知春はかすかに首を振る。

「い…気持ち、いぃ…先せ…んぅ…」

「…！」

日野を受け入れている花弁がこれ以上ないほど滾《たぎ》る彼自身で拡げられているのに、彼に強く突かれる度に喘《あえ》ぐようにひくついているのが知春には判る。それすらもたまらなく恥ずかしい。

「あ！　んんっ…」

もっと知春を鳴かせるために、日野は彼の細い腰を支えていた手を上半身へ滑らせる。

焦らすように這い上がった日野の手が、散々弄《いじ》られて敏感なままになっている乳首へと辿《たど》り、脅《おど》すように爪《つめ》を立てて摘《つま》む。

「あ…あ！」

かと思えば転がすようにてのひらで押しつけるように擦られ、知春はたまらない。

「もうドコ触れられても感じすぎて、痛いくらいだろ」

「ん…うんっ…」

そのとおりだから、零れてしまう濡れた声を押し殺すように息を詰めて頷く。

乳首への刺激に連動するように反応して、知春の中にいる日野自身を締めつける。

それが自分でも判るから、知春は恥ずかしさが募るばかりだった
「俺、変だ…」

「変？」

上気する日野の熱っぽい声にも感じ、知春はシーツに額を押しつけながら何度もしどけなく首を振る。こうでもしないと、うねるように這い上がってくる快楽におかしくなりそうだった。自分の汗が伝う頬が、熱い。

「初めて、なのに…こんな…」

「うん」

掠《かす》れた声を絞り出す知春へ体を寄せながら日野は、汗で額に張りつく彼の髪を梳く。

「男の、せんせ…に、されてるのに…悦《よ》くて…頭が、おかしくなり…ぁあ…んぅ…！」

片腕を後ろ手に捕らえられたままもっと深く穿《うが》たれ、知春は最後まで言葉が続かない。

「後ろから突っ込まれて俺にバックの処女奪われてんのに、感じ過ぎて恥ずかしい？」

「…っ」

声を出したら喘ぎしか零れてこないから、快楽の涙を溢れさせながら知春は素直に頷く。

「辛いよりずっといい。…俺しか見てないから、変な抵抗しないで任せてろ。この離れでどれだけ鳴いても、俺以外聞いていないしどこにも聞こえない。お前の声、掠れてエロい」

「だって…先生…あぁ…あ！　ひぅ…！」

「俺も、こんなにお前に夢中になるなんて思わなかった。光岡をそんなにグズグズにしてるのは俺で、お前のせいじゃない、だから…大丈夫だよ」

荒くなる息の中、背中越しに優しく囁かれた日野の言葉に心臓が強く脈打つ。

端正な顔立ちの知春がまだ女性経験がなかったことも、意外に奥手だったことも日野にとっては驚きだが、その分理性を手放してからの彼の感度のよさと肉体の甘さは想像以上だった。知春自身も、自分の反応に驚きを隠せないでいるようだ。

普段学校で見ている彼の…起きている時限定だが、どこか禁欲的《ストイック》で優等生然とした知春と、

こうして日野に犯され、支配された姿は別人かと思うほどのギャップがあった。

汗の浮く象牙色《ぞうげいろ》の彼の肌も、今は熱を帯びてうっすらと桃色に染まっている。

「…まあそれだけ溜《た》まってたことがあった、ってことだよな。若い性欲とは別に」

これ以上知春が怯《おび》えて悩まないよう、日野は背後から彼自身へと指を絡めて扱《しご》き、さらに彼を絶頂へと追い立てていく。

「え？　あ…！　あぁっ…！」

前後からのダイレクトな刺激に、知春自身為《な》す術《すべ》もない。日野の言うまま淫《みだ》らに喘ぎ、自ら腰を揺らす。開いた唇から透明な唾液《だえき》が伝い落ちても、自分の声が止められなかった。

「セックスしてる時は、気持ちよくなることだけ考えてればいいんだよ…ほら、達《イ》け」

「…‼」

後ろを突かれるのと同時に前も強く扱かれた知春は絶頂へと登りつめ、日野の手の中で再び達してしまう。

手に知春の迸《ほとばし》りを受けとめてやりながら、日野も追従《ついじゅう》して彼の中で射精を果たす。

強いうねりに全身が震え、呼吸がままならない。膝が崩れてベッドに沈む知春の背中に、日野の荒い吐息が触れている。それすら、敏感になっている知春の神経を掻《か》き毟《むし》った。

「…光岡、抜くから一瞬我慢」

「あっ…⁉　ひう…！」

ずるり、と音が聞こえてきそうな肉感を伴いながら日野が自身を抜くその独特の感触に、知春は絶頂の余韻《よいん》で力が入らない全身を震わせる。

「大丈夫か?」

「…っ、は、い…」

日野はやっとで頷く知春へ顔を寄せ、優しく口づけてやりながら仰向きにさせる。甘えて両腕を広げた彼に応じて知春の上へ体を預け、髪を梳いて強く抱き締めた。

「先生も、凄《すげ》ぇ息が…上がってる」

「当たり前だろ、バカ。こんなに…真剣にやったの、久し振りなんだから」

「…」

激しい動きで汗に濡れた互いの体だが、日野の体の重さと肌の熱さに知春は安心する。

「もしかしてあんなに強く絶頂《イ》くの、初めてだったか?」

「…死ぬかと」

正直な知春の感想に、日野は苦笑した。

「死ぬか、これくらいで。…もう一回、出来る?」

「…はい」

呼吸もまだ整わないし、腕を上げる力も入らない。なのに全身を巡っていた脱力感が落ち着いてくるのと同時に、もっと日野に愛されたい欲望が疼いている。

「光岡、体柔らかいし…これなら、前からでも大丈夫かな。膝、抱えてろよ」

日野は知春から体を浮かせると、広げた両膝を知春本人に抱えさせた。

知春自身が濡らしたまだ温かい体液を潤滑剤代わりにして、日野は再び結合を果たす。

「あぁっ、んぅ…！」

耳に響くぐちっ…という淫らな音が、深く日野を受け入れていくのを知春に伝えていた。

圧迫感はあるが、不思議なくらい最初の時のような強い痛みはない。それを日野に示すように、達したばかりの知春自身がまた勃ちあがろうとしている。

日野は深く繋がりながら知春の手をほどいてやり、自分が改めて膝を押し開いて抱え直した。知春はまだ息が上がり、潤んで濡れた瞳が日野を映している。

自分が今どんな表情を見せているのか、知春自身気付いていないだろう。

「光岡…時々、お前を呼ぶから。ここで、少し寝ていけ」

「先…？　あ、あぁ…！」

日野はそう囁くと、強靱《きょうじん》な下半身にものをいわせて縋《すが》る知春を優しく残酷に貪《むさぼ》っていく。

その行為は、遂に耐えきれなくなった深夜遅く、何度目かの絶頂と共に知春が日野の腕の中で気を失うまで続いた。

…こうして知春は、初めて日野に抱かれた。

「…雨だ」

遠くから雨の音が聞こえてきたような気がして、知春は深い眠りから意識を浮上させる。

雨なら早めに家を出ないと、そんなことをとりとめもなく考え始めながら次第に覚醒する思考が今日は登校する必要のない日曜日だと知春に告げた。

こんなに深く眠ったのは、いつぶりだろう。覚えていられないほど、随分前だ。

ベッドから体を起こそうとして、だが全身に力が入らない。

首だけでも巡《めぐ》らそうとした知春の鼻が、生暖かいものに撫でられた。

「⁉」

「おい、せっかく気持ちよく寝てるんだから起こすなよー」

「んなー」

「な…猫？　痛っ…！」

ここは自分の部屋じゃない、そう気付いた途端一瞬で昨夜のことが記憶に蘇《よみがえ》る。

勢いよく起きようとした知春は、下半身から貫く痛みに悶絶《もんぜつ》してベッドに沈んだ。

「おい、大丈夫か？」

「…はい」

枕元に来て知春を起こした猫を抱き上げた日野が、頭上から心配そうに覗き込んでいる。

「まだ朝早いし、無理して起きなくてもいいぞ。…よく眠れていたみたいだな」

ラフな私服姿で前髪を下ろしている日野は、普段よりもずっと若く見えた。

「俺…いつ…？」

日野に抱かれたことは覚えている。初めてだったのに、まるで盛りのついた猫のように自分から日野を求めて溺《おぼ》れ…そしていつ眠ってしまったのだろうか。

自問自答した知春の額へ手をあてて熱を確かめながら、日野が教えてくれる。

「最後に達《イ》った時、気を失ってそのまま寝落ち」

見ると全身は綺麗に拭われ、昨夜とは別の日野の浴衣を着せられていた。布団の中で日野を受け入れていた下半身へ無意識に手を遣ると手当もされている。

「…俺、本当に寝てました？」

知春が何故《なぜ》そう訊いてくるのか判らず、日野は首を傾げた。

「ぐっすりだったな。着替えさせた時も目を覚まさなかったし、俺が隣で寝てても一度も起きなかっただろう？　肌寒かったのかお前ぴったりくっついて、枕に貸してた腕が痺れた」

その言葉が信じられなくて、知春は思わず日野を見つめてしまう。

「…俺、子供の頃にちょっとトラウマがあって眠りが浅いんです。誰かと一緒のベッドで熟睡するなんて」

「じゃあ俺のベッドが相当寝心地好かったんだな」

日野はそう言って笑うと、知春がベッドに体を起こすのを手伝った。知春は全身がぎしぎしと音がしそうに軋《きし》み、酷く重くてままならない。まるで自分の体ではないようだ。

「ほら水」

「すみません…」

ベッドに腰かけた日野から差し出された水の入ったグラスを受け取った知春は、ゆっくりと喉に流し込む。ひんやりと適度に冷たい水は、全身に感じている火照《ほて》りを下げてくれる。

寝室のカーテンは開けられてレース越しに朝日が射し込み、眩《まぶ》しいくらい部屋を明るくしていた。では目が覚める直前に雨と思った音は、一体なんだったのだろう。

「出血はないが熱を出すかも知れない。鎮痛薬があるから、飯食ったら念のため飲んどけ」

「すみませ…けほ」

水を貰ったのに、喉が嗄《か》れて酷い声になっていた。その理由を思い出し、頬が熱くなる。

「やっぱり声、酷いな。…まあ昨夜あれだけ鳴いて喘いだら声も嗄れるか」

「先生…！」

思い出してしまったことをストレートに言葉にされ、知春の肩が弾む。

昨夜日野に見せた己の痴態《ちたい》を考えただけでも、恥ずかしくてこの場で絶叫しそうになる。

「まあ今日は俺も予定ないし、夕方まで寝てろよ。まだかなりしんどいだろ」

「う…いえ、帰ります」

そう言って遠慮する知春へ、日野はもの言いたげなまなざしで鏡を見せた。

「出来るなら、そうしてやりたいところだけどな」

「…！」

映った自分の顔に知春は思わず絶句してしまう。昨夜のことでまぶたが腫《は》れ、泣きじゃくった跡まではっきりと残ってしまっている。知春はやや色白な分、さらに顕著《けんちょ》だった。

何より昨夜の情事の名残のように瞳はまだ熱っぽく潤み、頬も赤い。そして自分でも判るくらい、明らかに雰囲気が違う。

「声も嗄れてるし、そのまま家に帰ったら保護者は心配するだろ…そんなエッロい顔で」

「うぅ…！」

日野もやはりそう見えているらしい。指摘され小さく呻《うめ》いた知春は鏡を握り締めたまま、上掛けに顔を埋《うず》めた。昨夜は緊張で気付かなかったが、少しだけ日野の匂いがする。

なるほど、昨夜日野が家に電話を入れさせたのはこれを予想していたのだ。

知春はそう思い至ると、もっと恥ずかしさが募ってしまう。

「…悪い、そんなに無理させるつもりじゃなかったんだが。お前悦《よ》すぎて、夢中になった」

「先生…」

本当に申し訳なさそうな日野の声に、知春は思わず彼の顔を見つめた。

凝視された日野は照れくさそうに小さく笑って、ベッドから立ち上がる。

「体、まだしんどいだろ。朝飯炊いてるところだから、もう少し寝てろ。出来たら起こしてやるから」

日野は照れ隠しに知春の髪を乱暴に撫で、襖を開けたままの寝室からキッチンへ向かう。

知春の顔を舐《な》めた猫も、朝ご飯のご相伴《しょうばん》に与《あずか》ろうと尻尾《しっぽ》を立てて日野の後に続いた。

「…」

知春はベッドからそんな日野の後ろ姿を無言で見送る。

それにしても驚くほど目覚めがいい。体の奥が燻《くすぶ》るように痛むが、これは諦めるしかないだろう。日野に抱かれて疲れ果てたのだとしても、昨夜は本当にぐっすりと眠ったのだ。

…初めて訪れた日野の部屋、そして彼のベッドで。

「なんか…魔法にかかったみたいだ」

知春は自分の寝室ですら、これほど気持ちよく熟睡した記憶が殆どない。

自分からそうだと言ったことは一度もないが、塾へ通った後夜遅くまで自宅で勉強をしているから昼間学校で寝ているというのはいつの間にか言われていた表向きの理由だ。塾で充分以上の成績がとれているので、寝不足になるほどの自宅でのガリ勉は必要がない。

知春は、自分の部屋で深く眠ることが出来なかった。

自分のベッドへ入っても眠りが浅く、小さな物音でもすぐ目が覚めてしまう。せいぜいが居眠りレベルの睡眠がやっとだった。

それが知春の普段の眠りで、夜の間外を歩いているから昼間学校で眠っているわけではなく、眠れないから外を歩いているというのが正しい。

…眠れなくなった理由はただ一つ、幼い頃に経験した突然の母の失踪がきっかけだ。

その記憶があまりに鮮烈で心的外傷《トラウマ》となり、それ以来深く眠れなくなってしまっている。

以前から心療内科でも治療を受けているが、今のところ改善の傾向は全く見られない。

心配している祖父母の手前、診察を受けている状態だった。

一人では眠れないし、かといって自分以外の誰かがいたらその気配でもっと眠れない。

「…不思議」

一晩中歩いて疲れ果てても眠りの浅さが変わらないのは経験で判っている分、過度な体力的疲労があってもこうして…日野の言葉が本当なら、彼の腕の中でぐっすりと眠れたなんてとても信じ難かった。

昨夜の行為で多少の倦怠感《けんたいかん》はあるにしても、世界が見違えたと感じる程心身共に軽く爽《さわ》やかだった。昨夜どれだけ心地好く、質のいい眠りをしたのか自分の体が教えてくれている。

「…日野先生と一緒なら、眠れるのかな」

それは知春の心を高揚感と共に満たし、この日以降日野に呼ばれれば彼の部屋へ訪れる後押しにもなった。

「夜に出歩いて、何が愉しいのかねー」

学校では、日野は他の生徒と変わらない態度で知春と接していた。

とは言え知春は授業中殆ど寝ているし、日野も他の教師同様彼を寝かせたままだ。

特に個人的に会話をする機会もないといえばないので、親密度が上がらない、というのが正しい。

だから日野と知春の間に出来た特別な関係など、学校では誰も知りようがなかった。

…あの日以降、日野は時々知春を呼び出す。

周期はまちまちで、呼び出される知春も予想がつかない。土曜の時もあれば、週の真ん中の時もあった。二週間に一度もない時もあれば、一週間に数回の時もある。

その全てに知春は応じ、日野の部屋を訪れている。

…愛人になれと契約をしていながら日野が体を求めたのは最初の夜だけで、以降は一度も関係はない。何故日野は行為に及ぼうとしないのか、その理由は知春には判らなかった。

ベッドで背中から優しく抱き締められ、なんとなく気持ちが盛り上がってキスや手での愛撫まではあっても日野はその先へ進もうとしない。

かといって何故求めてくれないのか？　と問うのも変な気がして、知春から理由を訊いたことはなかった。自分が抱かれたがっているようにも受け取れる問いだから尚更だ。

呼び出されれば、塾の帰りに真っ直ぐ日野の離れを訪れた。以前、軽く食事をしてから訪れたら気を遣うなと日野に叱られて以来、来る時は食事をとらないようにしている。

日野は知春が来る時間に合わせ、二人分の食事を作って待ってくれていた。

食事が終われば日野のベッドで過ごすことになるので、その夜は当然もう外を歩くことは出来ない。知春は呼び出された夜の人捜しは諦めるしかなかった。

そして知春は、日野のベッドなら朝までぐっすりと眠ることが出来た。

早朝知春が普段家に帰る頃に日野に起こされ、もう少し寝ていたかったと眠い目を擦りながら離れを後にする。これまでの知春には、考えられないことだった。

何故熟睡出来るのか知春は自分でも判らない。呼ばれれば今夜こそ性行為があるかもしれないと覚悟をしながらも、一度覚えてしまった安眠を求めて日野の元へ来てしまう部分も少なからずあった。

日野は好きなだけ眠らせてくれたし、部屋で学校や塾の宿題や課題も自由にさせてくれた。課題を片付けるのに時間をとられ、そのまま眠ってしまったこともある。

二人で食事をし、他愛のない話をする。時にはそれぞれが別のことをしていることもあった。同じ部屋にいて会話がなくても、以前からずっとそうしている家族のようで、居心地の悪さを感じたことは、知春は一度もない。

そして適当な時間になると、一緒に就寝する。それを理由にくっついて眠れる。日野から伝わるぬくもりが、何よりも知春を安心させてくれた。おまけに時々猫も一緒だ。

セミダブルに男二人では多少窮屈《きゅうくつ》だが、それを理由にくっついて眠れる。

呼び出しがない時、約束がなくても日野が外で待っていて一緒に夜を歩くこともあった。日野は知春の後をくっついて来るだけで、行きたい場所を好きに歩かせてくれる。

「愉しいですよ。同じ街なのに違う街へ来たみたいで。なんかワクワクするし」

日野は出歩く時は相当ラフな格好にキャップを目深《まぶか》に被《かぶ》っているので、学校で見るスーツ姿しか知らない者が見れば誰か判らないだろう。

「ふうん、そういうものか」

「先生は、前の彼女と夜に公園のデートとかしなかったんですか？」

「絶、対、なかったな。彼女は暗いのが大嫌いで、夜も明かりつけたまま寝るくらい。訊いたら小さい頃に近所に森があって、そこが暗くて怖くてトラウマになったらしいけど」

「先生は？」

「俺？　真っ暗闇でも全然平気だな。…最初光岡は、プラントマニアかと思ってた」

「プラントマニア？」

そろそろ冷たさを感じる風の強い土手を二人で歩きながら、日野は下流の方向を指差す。

最初の頃こそ知春は誰かと一緒に夜を歩くのに多少抵抗があったが、日野は不思議とプレッシャーを感じさせない。存在感が薄い、というのとも違う。むしろその逆だ。

日野との散歩を知ってから、一人で歩く時に少し寂しいと感じてしまうことすらあった。

「そう、プラント…工場設備を見る趣味。夜のプラントを見るのが特に好きな奴も中にはいるから、そういう趣味なのかと。お前、繁華街じゃなくてよくこの土手とか歩いているだろう？　だけどマニアが好きそうな工場はもっと海寄りだし、そっちへ行く気配はないから」

日野の口ぶりから、やはり知春の夜の散歩のことは随分以前から知っている様子だ。

「…先生って、いつからこっちなんですか？」

先を歩いていた知春は振り返り、後ろ向きで歩き出す。風が追い風になって、音がするほど一瞬強く吹いた風に知春は自分の髪を押さえた。

「…来たのは、半年くらい前かなー。大学の先輩がこっちにいて、臨時で教師探してるからちょっと来いって言われて、そのまなし崩しにあの学校に勤めることになったんだよ」

「何それ、簡単だなあ。そんな経緯《けいい》の教師もいるんですね」

素直な知春の呟《つぶや》きに、日野は屈託なく笑う。少し甘さのある顔立ちのせいか、笑うと好青年な印象がある日野は、知春に愛人になれと提案をしてきた男にはとても見えなかった。

学校でのスーツ姿と、カジュアルな私服姿のギャップのせいかも知れない。

「まあ私立だしな。それに学生が考えてるほど教師は立派じゃないよ。大人になると教師ってどんなものか判るから、今のうちは騙《だま》されたふりだけでもしとけ」

「騙されたふり」

「そう。じゃないと先生が可哀想だろー。高校生相手だと、年齢差だって殆どないようなものなんだから」

すぐに高校教師になれば、最短で年齢差は大学分しかない。社会経験のある日野と知春も年齢差は七歳もなかった。それでも知春から見れば、充分に大人に思えてしまう。

まあ実際日野は大人だが…いろいろと。同じ男として悔しさは否めないが、これは経験の差だと諦めるしかない。

「つまり、先生のためってこと?」

「そうそう。お前達よりは多少人生経験があるから、敬《うやま》っとけばいいって話。うー…」

話していた日野は、眉を寄せて耳の下あたりを押さえている。

「虫歯?」

「いや違う、多分親知らず。東京の歯医者で抜くトコだったやつ。時々痛むんだよ」

「…それ、早めに歯医者に行ったほうがいいですよ。ウチでよければ時間外でも診察して貰えるように、祖父に頼んでおきますけど」

「うーん、我慢出来なくなったらその時は頼むよ。ありがとう」

もう少し先へ行けば、あの森林公園だ。

…夜に彼女を捜して歩くようになってから、あの場所に人がいたことは一度もなかった。

これ以上捜しても、もうあの少女は見つからないかも知れない。

果たされない約束に納得するよりも、諦める寂しさばかりが先に募る。

そんな思いを払拭《ふっしょく》するように、知春は再び前を向いた。

「さっきの…日野先生の人生経験なら、多少知ったけど。先生、モテてたんですね」

「ベッドの話か？　どうだろう、モテなかったとは言わないけど普通じゃないか？」

日野はそう惚《とぼ》けるが、男の知春から見てもこの教師はかなり男前の容姿をしている。

学校でも明るく、面倒見のいい日野の悪口を知春は聞いたことがなかった。彼は教科担当しか受け持っていないが、日野を慕って相談する生徒もいると聞いている。

日野という男は誰にでもそつなく、そして誰にでも優しい男だ。

「普通であれなら、どれだけのスキルなんですか…。もし異性相手の時に後ろもやってるなら、結構マニアックだと思いますよ。…よく知りませんけど」

いくら未熟《みじゅく》な知春でも日野の言葉は謙遜《けんそん》で、彼の経験値が相当高いのはさすがに判る。

本人は異性を好む口ぶりだし、そうでなければ初めてで気持ちがよかったとしか残らない体験をさせて貰えるはずがないだろう。日野に気遣われて優しく、自分は抱かれたのだ。

「そんなに俺のはよかったか？　そういえば光岡、あの時凄《すご》い気持ちよさそ…」

「わああ…！」

いくら人通りが殆どない土手の散歩道でも、誰が聞いているのか判らない場所で言われたい言葉ではない。慌てて口を閉じようとする知春を、日野は身軽に後ろへ避《よ》けながら笑う。普段運動をしているようには見えないのだが、二十代とは言え無駄な贅肉《ぜいにく》もなく引き締まった彼の体軀はよく鍛えられている。

知春を抱いた時も、高校生の標準はある彼の体を難なく自分の膝上に抱き上げていた。

「…大体、訊けば必ず女がいいって言うくせに。どうして俺なんかとそういうことする気になったのか、いまだに理解出来ません」

「そうかー？　お前は自分のこと、あんまり判ってないんだな。光岡って、雰囲気というか…目を惹《ひ》くんだよ、とても。…で、見つけてしまうと目が離せなくなる」

授業中起きている時は滅多にないが普段の寡黙《かもく》な様子と、どこか達観《たっかん》したようなやや伏し目がちの思慮深《しりょぶか》いまなざしが、知春に高校生らしからぬ独特の印象を作り出していた。かといって他人を拒《こば》んで近寄り難い空気をまとっているわけではない、むしろその逆だ。

彼の周囲にはいつも友人達がいるし、起きている時に孤立している姿など日野は見たことがない。知春の中で生真面目《きまじめ》さと人懐こさが同居して、上手に折りあいをつけている。

聡明《そうめい》な少年であることは間違いなく、だからこそ日野の無茶な要求に素直に応じて身を任せたのには、実のところ言い出した日野本人が一番驚いていた。

「見た目だけじゃなく、充分魅力的な奴だと俺は思うけど」

日野がそんなふうに自分を見ていたのかと思うとなんだか恥ずかしくなり、知春は小さくぼやく。

「判んねー…」

「お前、服着てる時と着てない時とは別人みたいだよなあ。ベッドの中だと、あんなに素直に可愛く鳴いておねだりしたくせに。服着てると素直になれない魔法か？」

「…うるさい。そんな魔法あるか」

「犯すぞ」

「そうしたのは誰だよ」

問い返され、日野は得意気に笑いながら自分を指差した。

「俺。大人は狡《ずる》いもんなの。そうでなければ光岡に、あんな提案しないだろう？」

「それもそうですね。そうやって開き直られると、なんかムカつきますけど」

「あっさり肯定《こうてい》しやがって。…おーい、光岡くーん？　耳まで赤いぞー？」

からかわれているのが判るから、知春は余計に恥ずかしい。

「この暗闇で見えるわけないだろ…大体なんで俺だったわけ？　塾へ行ってる奴なら他にも、たとえば…昴とか、そっちのほうがよかった気がするけど」

「昴って…本田昴？　なんでここで昴の名前が出てくるんだ？」

何故か不快を露《あら》わにした日野に、知春は首を捻《ひね》った。

「なんでって…昴のほうが、俺よりもずっと綺麗な顔してるから」

そんな知春の言葉を、眉を寄せたまま日野はあっさり却下してしまう。

「論外だな。光岡ならともかく、昴とは絶対にあり得ないし無理だ」

「凄い断定。…先生、昴と知りあい？」

「…なんで？」

感じたのは妙な違和感だ。違和感と言うより、日野が昴の名前に緊張したのが伝わった。

「いや、なんとなく…ですけど。昴って下の名前で呼んでるし…あ」

先を歩いていた知春が言葉途中に立ち止まった。先を見ると、向こうから自転車に乗った巡廻《じゅんかい》中の若い警察官が近付いてくる。

「君は、高校生かな？　こんな遅い時間に…」

自転車から降りた警察官から、知春を庇うようにして日野が前に立った。怪しい者ではないと示すように、被っている帽子を取って顔を相手に見せる。

「すみません、彼は私の連れです。巡廻《見まわり》ですか？　ご苦労様です」

「あなたは…」

「…」

日野は警察官へ穏やかな笑みを浮かべたまま、背後にいる知春に気付かれないように静かに口元へ人差し指を立てた。警察官は頷く代わりに一瞬だけ知春を見遣る。

知春に同伴者がいると判り、警察官はすぐに緊張を解いた。この時間帯に警察官が土手を見まわるのは珍しい。今夜は日野が一緒で助けられた。

「そうでしたか。再開発の流れなのか、夏頃からひったくりが頻発《ひんぱつ》しているんですよ。特に夜、若い女性や学生さんが狙われやすいらしくて。一人だと声をかけているんです」

「私達も帰る所なんです、気をつけますね」

日野は終始爽やかな笑顔で挨拶《あいさつ》し、警察官と擦れ違っていく。

「胡散臭《うさんくさ》い笑顔…」

警官が遠く離れてから呟いた知春の隣に立つ日野からは、すでに笑顔は消えている。

「処世術《しょせいじゅつ》って言うの。…チューしてやろうか？」

「なんでいきなりチュー…ワケ判んねぇ」

「したくなったから。どうする？　今夜も俺ん家寄《ち》ってくか？」

「今夜は…」

やめる、と言おうとして顔を上げると、日野が笑いながら手を差し出していた。

警察官へ見せていた作り笑いとは違う、気を許した相手に向ける無防備な笑みだ。

「…うん」

だからなんだか帰ると言い出せなくなってしまった知春は、差し出された手に応じる。

自分より少しだけ大きい日野の手がきゅっと知春の手を包み、一度緩められて互いの指が絡まるように繋ぎ直す。恋人同士や、親しい相手とだけ繋ぐ方法だ。

「じゃあ部屋に戻ってからチューしてやるよ」

「チューって言うの、なんだかおっさん臭いですよ」

「う……！　俺はまだ二十代だぞ……」

「十代の俺達から見れば、二十歳《はたち》過ぎたら全部おっさんです」

「くっそ」

「あははは」

手を繋いで日野の家へと向かう途中、横を通り過ぎた森林公園の入り口にあるベンチには今夜も誰も待っていない。

だが繋いだ日野の手のぬくもりが、知春から残念な気持ちを忘れさせてくれた。


学校で殆ど寝ていることが多い知春だが、テストの時にはさすがに起きている。

定期考査の成績発表があった放課後、日直だった知春は教室に残って日誌を書いていた。

そんな知春を待って、前の席で後ろ向きに座った昴が知春の机に沈没している。

昴が沈没している理由は、今日発表された成績の不振だ。

個別に渡された細長い順位表をひらひらさせながら、昴は力なく呟く。

「あー、どうしようハル。また成績落ちた…」

「落ちたって言ってもまだ、二十位以内には入ってるんだろ？　充分推薦《すいせん》枠内じゃないか」

「でもハルは十位以内だろう？　何位だった？」

「今回は四位」

「ほらあ。前より上がってるし。ハルより成績悪いと、お母さんに嫌味言われるんだよー」

「…」

そう言って机に突っ伏したまま足をバタバタさせる昴の様子に、少なからず彼の苦労を知る知春は日誌を書いていた手を止め、その柔らかい髪を撫でた。

「…！」

寡黙な知春の珍しい慰めに昴は驚いて体を起こすと、撫でられた自分の髪に触れる。

「あ…悪い。嫌だったか？」

そんなことないと、昴は首を振った。

「いや、ごめん…！　ちょっとびっくりしただけ。…ハルは、いつも優しいよね」

髪を撫でてしまったのは、日野からの受け売りだ。彼が頻繁《ひんぱん》に髪を撫でるので、つい昴にもしてしまった。

「…そうかな」

日野を思い出しただけであの夜のことも自動的に蘇《よみがえ》り、体が反応しそうになった知春は内心の焦りから、昴への返事がぶっきらぼうな口調になってしまう。

「優しいよ…」

「…」

小さく呟いて黙り込んでしまった昴を、上手に励ます言葉が知春には見つからない。

知春にとって学校の順位などただのテストの結果でしかなく、親代わりの祖父母も順位や成績に口を出したことは一度もなかった。

だが昴の家庭ではそうではない。同い年で生まれた知春と昴は血縁的には義理の叔父と甥という関係だが、一族の中では数少ない男子であり常に比較の対象だった。

特に昴の母親は知春を目の敵《かたき》にしていて、学校の成績だけではなく足の速さや背の高さまで二人を比べなければ気が済まなかった。妾腹《しょうふく》ではあるが吉松の血を引く直系の知春と、分家筋の自分の家への劣等意識が昴をがんじがらめにして常に勝つことを強いている。

だがそんな母親の思惑《おもわく》はともかく、高校での知春と昴の関係はあまり悪いものではない。

昴はふう、と息を吐き出してから順位表の紙を乱暴にポケットに突っ込んだ。

「そういえば、ハルはなんか聞いてる?」

「何を?」

「ご当主、具合が悪くて今、入院してるらしいよ」

「…！」

昴の指す『ご当主』とは、知春の父親である吉松のこと以外にない。

息を飲んだ知春の様子に、昴は困ったように首を傾げた。

「あー…その様子だと、ハルは聞いてないか。もう半年も入退院してるんだって」

「…俺に話が来るとしたら、最悪の時ぐらいじゃないか？　もしかしたら、お祖父《じい》ちゃんには何か連絡が入っているかも知れないけど…俺は何も聞いてない」

数年の年齢差はあるが吉松は知春の祖父と大学時代の同期生であり、それだけ高齢だった。数年前に心筋梗塞《しんきんこうそく》で倒れて以来、すっかり体も弱くなっている。

「そうか、だったらむしろ安心だってことだろ。ごめん、もうちょっと詳しく聞けたらハルにも教えるよ。たいしたことないのに、おじさんおばさん達が騒ぐことも多いからさ」

「…」

確かにそのとおりなので、ハルは小さく頷くしかない。

吉松の健康不安と必ずセットで話に出るのが後継者《こうけいしゃ》の問題だ。彼は自分の後継者に全ての権利を譲ると公言しているが、その肝心の後継者が誰になるのかはまだ公《おおやけ》にされていない。

そんな理由から、吉松が体調を崩す度に周囲の者達がどうなるのかと騒ぐ。

「なんかああいうの、嫌だよね。ご当主の体の心配よりもそれ以外の心配ばかりして。それに当主になるには、なんか貰い受けなきゃいけないんだろ？　『当主の証』ってやつ」

「…そんな話聞いたことが」

「でしょ？　ハルもあるよね？　代々受け継いでて、今はご当主が持ってて。その証がなかったら当主として認められない。でもそれがどんなものか皆知らないんだよ」

「それって…」

知春が言いかけた時、賑《にぎ》やかな足音と共に教室の出入り口からクラブのユニフォームを着たクラスメイトの鈴木が顔を出した。

「いたいた。ハル、日野ちゃんから伝言ー。寝てた分のプリント、明日には出しとけって」

「…あ。忘れてた。判った、ありがとう鈴木」

声をかけてくれたクラスメイトに手を上げた知春は、机からプリントを探し始める。

「プリント？」

「授業中寝てばっかりだから、やっとけってプリントを出されたんだよ」

「…。日野先生、何かとハルのこと気にかけてるよね」

「…そうか？」

動揺でプリントを探す手が一瞬止まったのを、昴に気付かれただろうか？　知春はポーカーフェイスを崩すことなく机の中を探す。だがあるはずのプリントが見つからない。

『…そうだ』

どこへしまったのか思い出し、知春は小さく呟く。

日野の部屋へ行った時、食事の仕度をして貰っている間にやろうと広げていた。

書き終わった後、自分の鞄《かばん》に戻した記憶がない。そうでなければ塾の鞄の中だろう。

「うん。プリントとか作ってくれたり…そういえばハル、最近あんまり授業中寝なくなったよね。家で眠れるようになった？　不眠症だから夜の散歩、まだしてるんだろ？」

「まあ夜は、相変わらずだけど…」

確かに最近、授業中に眠っていることが少なくなった。それはどう考えても日野の部屋で寝ているからで、テストの順位が上がったのは想定外の副次《ふくじ》効果だ。

まさか日野は最初から成績上位《これ》を狙っていたのかと考えるのは穿ち過ぎか。

日野のことを思い出すと、落ち着かない気持ちになる。彼と体を重ねたことなど顔に書いているわけではないのに、その秘密を誰かに気付かれてしまいそうな不安があった。

ここは男子校でそういった話も時々は耳にするし、実際知春も上級生に声をかけられたことも一度や二度ではない。恋愛や性的興味がないと言えば嘘だが、自分が同性の対象範囲になるとは日野とそうなるまで考えたこともなかった。

知春には、約束したあの女の子がいる。

実際日野とのことも愛人契約で、つきあっている…わけではない。

そう思うと、知春の胸に僅かな痛みが走る。

「昴は、以前から日野先生と知りあい…なのか？」

「…どうして？」

一瞬の間の後の昴からの反応は、以前土手で日野に訊いた時と同じものだった。

もし既知《きち》の間柄でもわざわざ隠す必要もないと思うのだが、何か言いたくない事情でもあるのだろうか？　…自分には教えたくないような？　だが日野はこの街へ来て、半年だ。

以前に知りあうきっかけがあったとも思えない。

「別に。特に理由はないけど。ちょっとそう思っただけ」

言いたくなさそうな昴の様子に、知春は胸にわずかなわだかまりを感じながらもそれ以上追及するのを諦める。

「ハルが誰かを気にするなんて、珍しい」

「別に…気にしたわけじゃないよ」

口ではそう訂正しながらも、心のどこかで嘘だという言葉が響く。だが相手が言いたくないことを無遠慮に無理矢理聞き出す不躾《ぶしつけ》さを知春は持っていなかった。

多少元気が出たのか、昴はようやく体を起こし机に頬杖をつく。

「まあ日野先生、格好いいもんねー。先生、あんなふうに飄々としてる人だけど、本当はすっごい頭のいい人なんだよ」

「そうなのか？　…そんな感じには」

「見えないよねー。でも学生時代、凄い秀才だったんだって。運動も出来るし…なんかハルみたいだよね。いつの間にか俺よりも身長あるし」

「俺は別に秀才じゃないよ。運動神経も普通《なみ》。身長は…そう言えば、前は昴のほうが」

日野の話をされると、やはり落ち着かない。昴にもし日野とのことを知られたら、なんと言われるだろうか。そんな思いが、今日の知春から普段の慎重さを失わせていた。

「そう、小さい時は俺のほうがずっと高かったのに！　…身長だけでなく、今は全然ハルに敵わない。…謙遜するトコとか、微妙に日野先生と似てると思うけどなー」

そう言って昴は朗《ほが》らかに笑う。

触れると柔らかい髪と、色白で整った綺麗な顔立ち。社交的だし笑うと天使のようで、昔からとりまきも多い。幼い頃から剣道も習っているので、ただ綺麗なだけでもない。

笑う昴の横顔を見ていた知春は、思いがけないことに気付く。

「…似てる」

「え？　似てるって…何？」

改めて昴の横顔など眺めたことがなかったから、今まで気付かなかったのだろうか。

…昴の横顔は、あの約束の少女と面影が重なる。

「いや…ガキの頃、少しだけ会ったことがある女の子に…昴が似てるんだ」

小さい頃から女の子と間違えられ、コンプレックスがある昴は頬を膨らませた。

「俺が？　というか、女ぁ？」

「あー…ごめん。印象というか…」

知春は片手を上げて謝りながら、かつて再会を約束した少女の話を説明する。

これまで誰にもしたことがなかったのに、日野の話から遠ざけたい気持ちが知春をいつもより饒舌《じょうぜつ》にさせていた。

「へー、そんなことがあったんだ。なんかロマンチックだね」

からかわれたわけではないのになんだか照れくさくて、知春は両手の人差し指で宙に長方形の形を描いた。それは封筒が入るくらいの、小さな形だ。

「ロマンチックかな…その時に貰ったオルゴール…というか、宝石箱？　がなかったら夢だと思うくらい曖昧《あいまい》なんだよ。…でもその中に、大切なものが入ってると言われた」

「俺はハルらしいと思うな。そうだ…もしかしてその子、俺の上の唯鈴《いすず》姉さんかもよ」

「…え？」

きょとんとなる知春に、昴は自分の顔を指差す。

「ほら俺上に二人姉貴がいるだろ？　俺の顔に似てるなら、その可能性あるんじゃないか？

小さい頃からお茶とお花習ってたから、着物も着慣れていたし。俺達よく似てるよ」

「…！」

昴と顔立ちが似ているなら、可能性がある。あの森林公園から昴の家は遠くない。

彼のすぐ上の姉は年齢が近いし、知春は顔も名前も知っている。母親に似て勝ち気で、会う度に苛《いじ》められていた知春は自分の母親が失踪する前から苦手だった。…だが、一番上の姉は自分達と年齢が離れていて知春は殆ど記憶にない。名前も知らなかった。

「そんな、都合よくは…」

「可能性はなくはないだろ？　唯鈴姉さんは今東京にいるけど、今度訊いてみるよ」

「もしそうでも。忘れてる…かも」

会っていたのは一週間もなかったのだ。

「でもさ…もし姉さんが忘れてても、その時のオルゴールをハルが持ってるなら自分のだったかどうかは確実に判るだろ。それ見て思い出すってことだってあるだろうし。今夜にでも俺、連絡して訊いてみるよ。だけど、あー…」

昴は何かを言いかけ、口を閉じる。

「？　何？」

首を傾げた知春に、昴はなんでもないと慌てて首を振った。

「ううん、とにかく駄目元でさ。もしそうなら、凄いよね」

「…あぁ」

可能性はあるが、まだ確実ではない。

…上の姉は既に結婚しているのだとは、昴は知春に告げなかった。

その日の塾の帰り、知春は日野の離れへ向かっていた。

今夜の約束はないが、ここへ忘れたはずのプリントを返して貰うためだ。

調べたら、塾の鞄にもプリントは入っていなかった。だとしたら、日野の離れしかない。

「先生の家にあったのなら、学校で渡してくれたって…は、無理か」

明日の提出の指示なら今夜家に来い、とも言われたような気がしての訪問でもあった。

急な来訪の連絡を入れようと思ったが、日野の携帯番号もメールアドレスも判らない。

「まさかこんなことがあるなんて。登録しなくても、連絡先教えて貰っておけばよかった」

悔やんでも後の祭りで、その反面約束なしの時の日野を知ることが出来るかも知れないと小さな期待のような気持ちも膨らませながら橋を渡って坂を上る。

社会人の男が夜にいつも家にいるとは限らない。もし留守だったら、帰ればいいだけだ。

「…大きなお寺だよなあ」

昼間の明るい時には殆ど来たことがないが、古く由緒ある寺院だと聞いている。

近くを流れる川は等級がつくほどの河川《かせん》で、近代整備されるまで度々決壊《けっかい》や氾濫《はんらん》の被害を出してきた。その時の近隣住民の避難先になった「坂上の寺」であり、信仰心自体は薄れても住民達がいまだに信頼を寄せている存在でもある。

広い敷地の中、墓地区画の反対側にアパートも建てられていて、手広くしっかりした寺経営をしているのだと日野が笑いながら教えてくれていた。

彼の住む離れも、そのアパート経営の一端だという。門から入ってアパートよりも手前で仏殿に近いが、完全に独立していて寺側からもアパート側からも見えにくくなっている。

門からの照明もあるので、離れまでの道は暗いという印象は全くない。

「ニャーオ」

離れへ向かう途中、聞き慣れた猫の声が聞こえる。

「…猫《ナツ》の声だ」

日野の所にいる猫は彼が飼っているのではなく、寺の猫らしい。ねずみ取り対策に飼われているが、敷地内には半野良《のら》で生活している猫もいる。皆寺から餌を貰い、居着いた猫は避妊去勢もされているので増えすぎるなどの繁殖《はんしょく》のトラブルは殆ど起きていない。

猫の声が自分を呼んでいるような気がして、知春は聞こえて来た離れの裏手へとまわる。

「…裏は竹林なのか」

日野の部屋で耳にしていた雨が降るような音は、竹林に風が抜ける音だったらしい。

離れが影になり、竹林は真っ暗で何も見えなかった。

「見えないな」

猫の鳴き声はするが知春はすぐに捜すのを諦め、改めて離れの玄関へ向かおうとする。

その時、激しい物音と共に人の声が響いた。

「…やだ、日野先生…！　嫌だ…！」

「…！」

聞こえて来た声と尋常ではない様子に、戻ろうとした知春の足が止まる。

顔を上げると場所的に寝室からの音のようだ、そして声の主は。

「…昴？」

聞き間違いかと息を飲む知春に、信じ難い言葉が続く。

「お願いだから、止めて…！　俺が…昔から、ハルへの気持ち知ってるはずだろ！　どうしてこんなこと、するんだよ…！　俺のことなんか、なんとも思ってないクセに」

「昴」

「…っ」

日野の声が、はっきりと昴の名を呼ぶ。やはり中にいるのは、日野と昴だった。

昴は今なんて言った？　知春は聞こえて来た言葉がすぐに理解出来なかった。

昴が、自分を？　まさか。

だがそれ以上に、やはり日野と昴は以前からの知りあいだったのだと改めて知ったことのほうがショックだった。ショックだと感じた自分に、二重の意味で衝撃を受けてしまう。

もしかして自分とそうなる以前から、日野と昴は関係があったのだろうか。

…日野と、自分のように。

だからそれぞれに相手のことを言いたがらなかったと思えば、納得が出来る。

職員室で昴と親戚だと告げた時も、日野は非常に驚いていた。

「だったら何故俺に手を出したりしたんだ…？」

日野の行動の意味が、知春には理解出来なかった。

日野は以前から昴とつきあいがあり、なんらかの事情で拗《こじ》れていたのだろうか？　その隙《すき》間《ま》を埋めるのに、自分を？　実際言われたのも愛人契約で、交際ではない。

自分が好きな時に相手を求めることが出来るのが、愛人だ。もし日野に本命がいたなら、あり得ない設定ではない。現に日野とは一度しか肉体関係がないのだ。

どれもこれも知春の推察、あるいは邪推《じゃすい》に過ぎなくて、確証もない話だった。

だけど全てが違うと否定するには、聞こえて来た会話は意味がありすぎる。

「だから日野先生は、俺を？」

自分には経験がないからそういうものだと思っていたが、日野はあまりにスマートだった。

もし以前から昴と関係があったのなら、同性相手の要領が判っていて当然だ。

今ドアベルを鳴らしたら、判るだろうか。…知春に話を避けようとしていた二人が？

…声は、すぐに聞こえてこなくなった。

日野の部屋で、二人は今何をしているのだろう。

「…っ」

想像するだけで、ワケの判らない感情が腹の底から噴き上がってくるように感じた知春は、逃げるようにその場から走り去るしかなかった。

…その夜に見た夢は、あの少女だった。

少女は、まるでマジックで塗りつぶしたように顔だけが見えなくなっていた。


翌朝、プリントは知春の机の中にあった。

元々机の中にはあまりものを入れていないし、あれほど探して見つからなかったプリントだ、見落としたとも思えない。入れたのは…おそらく日野か、昴のはずだ。

昨日はいつも以上に最悪な夜で、学校へ到着したのは予鈴ギリギリだった。知春はどうやって学校へ来たのかも、自分でよく覚えていない。

「おはよ」

「…あぁ」

隣の席の昴はいつもと変わらない笑顔を見せている。

「ハル、顔色悪いね。昨日はよく眠れなかったのか？」

「ちょっと」

「せっかくここしばらくは調子がよかったのに」

「…そうだな」

心配する様子が昴の口調からも伝わってくるが、知春は頷くのがやっとだった。

昴の顔を、まともに見られない。昨夜のことはなんだったのかと、今この教室で訊いてしまいそうになる。

「そういえばごめんハル、昨日上の姉さんに訊こうと思ったんだけど、俺がバタバタしてて訊き損ねた」

「…いいよ、今更急いでも変わらないことだし」

「でも、早く知りたいだろう?」

「…」

昨夜からずっと彼等のことが頭から離れない。

自分と日野は関係があっても、特別な間柄ではないのは最初から判っていたはずだ。

知春が夜に歩いていることを学校側に言わない見返りとして、体を求められたに過ぎない。

だから日野に対して腹立ちや…苦しい気持ちを覚えること自体見当違いだ。

日野がプライベートで誰とどう交際しようと、関係ない。

そう、何度も自分に言い聞かせているのに、知春は刺すような胸の痛みが消えなかった。

あの後、二人はどうなったのだろう。いたのは、居間ではなく日野の寝室だ。襖で隔てられているだけの部屋だが、普段は閉められている。何度か訪れて気付いたが、日野の部屋はいつも片付けられていて、誰かが訪れる時に開けたままは考えられない。後で寝室に行くと判っていても、知春が来た時に襖が開いていたら日野は閉めてしまう。だから初めて訪れた者だったら、襖の向こうが寝室だとは判らない。

「おはよう」

一時限目の前にあるSHRの時間、副担任ではなく出席簿を手にした日野が姿を見せた。

このクラスの担任は、今入院中だ。

いつものとおりスーツ姿でネクタイをきちんと締め、颯爽《さっそう》という言葉が似合いそうな雰囲気で教室に入ってきた日野は教壇に立ち、クラスを見渡した。

「…っ！」

知春は日野と目が合った瞬間、反射的に顔を背けてしまう。

「起立はしなくていい。このクラスの皆にお知らせがあります。実は入院中だった担任の松《まっ》田《だ》先生が、治療に専念するため休職されることになりました。それで学年主任の豊田《とよだ》先生…今日はお休みだが、新しく担任になります。…で、何故か俺が副担任という流れに」

明瞭《めいりょう》でよく通る声の日野の説明に、クラスがざわめく。

「日野ちゃん、質問でーす。担任が変わって何か変わることありますか？」

「ないなー、俺の残業が増えそうなくらい。松田先生の療養が長期になる場合、君達の卒業式まで見送ることになる…ということで、俺の長期雇用がほぼ確定に」

そう惚けてトホホ、と涙を拭うわざとらしい仕種に教室内に笑いが広がった。

「俺のことはともかく、教科以外で皆との接触が増えるけど…まあよろしく頼む。それから夜間、集団によるひったくりが多発しているから注意して欲しいと警察から連絡が来た。見まわりも強化しているそうだが、犯人はまだ捕まっていない。塾で遅くなる生徒は親御さんに迎えに来て貰うか、くれぐれも気をつけて帰るように。…で、授業に入るところなんだが実は教材を忘れたから取りに行ってくる」

再び広がる笑いに送られながら、日野は慌ただしく教室を出て行く。

「日野先生が、副担任って他のクラスから羨ましがられそうだね、ハル…ハル？」

これ以上我慢出来ずに、知春は起《た》ち上がった。

「…っ、ちょっと、トイレ」

「やっぱり具合悪いのか？　一緒に…」

教室にいられない知春を心配して、昴も一緒に起ち上がろうとする。

その昴を、知春は強い言葉で制した。

「…いいから！」

自分でも驚くほどの声の大きさに、教室が一瞬で静かになった。

我に返った知春は気まずそうに、わざと大きな音をたてて自分の椅子を机の中へ入れる。

「ごめん昴、急に大きな声出して。ちょっと眠くて…どっかで寝てくる。…日野先生には、トイレに行ったたって伝えて」

「ハル…？」

知春はそれだけを言うのが精一杯で、昴の返事を待たずに自分の席を足早に離れる。

「おいハル、大丈夫か？　日野ちゃんが副担になって、感動でもした？」

近くを通り過ぎたクラスメイトの言葉に、知春はいつものぶっきらぼうな口調で返す。

「なんで。関係ない、ホントに眠いんだよ。あとトイレ」

知春は普段から教室で大声を出すタイプではなかったため、クラスの皆が驚いたようだった。まして授業中に自分の席で熟睡していることはあっても、授業をサボって他の場所で寝てくることなどまずないからだ。

それが知春にも判るから、ますます居心地が悪い。

だがそれ以上に教室にいたくない気持ちに突き動かされ、知春は一時限目のチャイムを聞きながら逃げ出すように教室を後にした。

授業をサボる習慣のない知春は、教師達の目を避けるためにとりあえず屋上へ向かう。

そろそろ肌寒い季節だが、感情が昂《たか》ぶっている知春には寒さを感じない。

校庭《グラウンド》では体育授業をしているので、知春はフェンス側ではなく日当たりのいい給水ポンプの近くに腰かけた。そして両膝に埋めるように頭を抱える。

「バカだ、俺…」

日野の授業から逃げだしたからといって、何が変わるわけでもないのに。

教室で同時に見た、日野と昴。昨夜のことがなければ、昨夜二人にあったことなど想像もしなかっただろう。

あの後日野はどうしたのだろうか。自分とは寝ずに、昴に不埒《ふらち》な行為をしたのだろうか。

こんな考えこそ下衆《げす》の勘繰《かんぐ》りで不埒だと判っているから、知春は苛立ちと共に自己嫌悪も感じていた。そして知春を教室から出て行かせた理由は、この二つの感情だけではない。

「ホントに、どうしちゃったんだろう」

日野のことを考えると、いてもたってもいられなくなる。

一緒にいて嬉しいと思っていた感情が、今は泣き出しそうな不安に変わっていた。

「昨夜のことが頭から離れないし、なんでこんなに狼狽《うろた》えてるんだ、俺」

離れで聞こえて来た二人の会話が一晩中知春の中で繰り返された。

それなのに思い出すのは、日野の姿ばかりで。学校で見かけるスーツ姿だったり、家でのリラックスした私服姿や、ちょっとした仕種や表情ばかりだ。

長身でバランスのとれた体躯や、新聞を読んでいる時の真剣なまなざしと、二十代には思えない、自分の全てを任せてもいいと思ってしまうような落ち着いた雰囲気。

自分のほうが先に寝てしまうことが殆どであまり見たことはないが、眠る日野の睫毛《まつげ》が長かったり、寝息が静かなことも抱き締めてくれる彼の腕の強さも知春は知っていた。

目が合うと覗き込むように笑ったり、子供が悪戯するように知春の髪を弄《いじ》る彼の器用そうな指先、その指が…愛撫に淫らに動くのも知っている。邪《よこしま》な思いからではなく若い故《ゆえ》に体が敏感に反応してしまった時も、日野はその手で慰めてくれた。

「それから…」

日野がくれる、キス。時々ふざけて重ねられる彼のキスはいつも優しかった。

家に行く約束がない時に二人で夜を歩くのも、知春はいつの間にか愉しみになっていたのだ。何の話をするわけでもなく、ただ二人で歩いているだけで嬉しかった。

「これまで一人で夜を歩いていて、寂しいなんて思ったことなんか一度もなかったのに」

今では一人で歩くほうが寂しいと感じてしまっている。

日野から呼び出しがあることを期待して、学校に来るようにもなっていた。

天候が悪くて夜を歩けず、仕方なく一人の部屋で過ごす時、日野のことを思い出すと眠れない夜が少しだけ優しいものに変わってくれた。

今では彼のことを思い出さずに眠らない夜はなくなっている。

最初は夜眠れない時のおまじないように日野を思い出していたのに。

「それがいつ、変わったんだろう？　いつの間に？」

『光岡…』

「…っ」

自分の名前をを呼ぶ彼の声もいつの間にか好きになっていたし、気付くとこうして日野のことばかり考えている。

日野が作ってくれている場所では、自分が特別のようで嬉しかった。

「先生はあまりに自然に近くにいてくれて、さりげなく自分を支えてくれていたから…それが本当に特別なものだったと、判らないでいたのか」

夢中になっていた、といっても過言ではない。

知春は顔を上げ、遮るもののない初冬の空を見上げる。

冬らしい風のない空は青く、どこまでも雲一つ見えなかった。

ただ空を見ているだけなのに、知春の心には日野のことばかり浮かぶ。

知春はその空に向かって、深く溜息を吐き出す。

「…最初のことがあまりに衝撃的だったから。それに気付かなかったのか」

日野のことを想うと足元が覚束《おぼつか》なく浮かれたようなのに、体の奥が火傷《やけど》を負ったように痛みを感じる。嬉しい気持ちと裏表に、夢から醒《さ》めてしまうような不安が拭えない。

「どうして先生は昴と？」

自分は昴の身代わりだったのだろうか？　そう考えるだけで、突然出来た底の見えない深い穴に自分が落ちていきそうだった。

日野の元へ訪れ、穏やかで平和な時間を過ごすことはもう出来ないのかもしれない。

「…日野、先生」

彼の名前を呼ぶだけで、胸が締めつけられる。

たった一度の行為が体に蘇ってしまい、妄想の日野に抱かれたくなってしまう。

「こんなこと考えるなんて、どうかしてるだろ…」

期待と、いつの間にか意識せず抱《いだ》いていた欲望が、現実を凌駕《りょうが》しそうだった。

自分がどうしていいのか、どうしたいのかも判らない。

…ただ想うのは、日野のことばかり。

その気持ちを何と呼ぶのか、今の知春は混乱して何も考えられなくなっている。

怖くて不安で、冷静さも失っていていつもの自分じゃなくて。

だけど、どう処理していいのか判らないこの気持ちを手放したいとは思えないのだ。

約束の少女と再会出来るかもしれないのにそれどころじゃなくて、自分の感情をもてあました知春は結局日野の授業だけをサボリ、以降は一日寝て過ごした。

放課後に呼び出しがあるかと覚悟をしていた知春だったが何故かそれはなく、下校の前に律儀に教室で記入を済ませたプリントを提出しに行くと珍しく日野は既に帰宅していた。

知春が職員室にプリントの提出に向かっていた頃、日野は知春の家である『姫路歯科』を訪れていた。

「日野勇一さん、お入り下さい」

若い女性の歯科助手の声に促され、広く開放的な診察室へ入る。

見慣れた白衣と、後ろ姿。背格好は違うが、どこか知春の後ろ姿と重なった。

「おや」

歯科医院長である知春の祖父の光岡が振り返り、見知った姿に笑顔を浮かべる。

「同じ名前かと思ったら、ご本人だったとは。スーツ姿の君は見違えるようだね」

「ありがとうございます。…光岡先生にも、大変ご無沙汰しました。申し訳ありません」

そう言って日野は直立不動の姿勢から、これまでの不調法《ぶちょうほう》を詫《わ》びるように深く腰を折って頭を下げた。

「いやいや、私に謝る必要はないよ。あぁ…そうか、今度は君が『お役目』役に選ばれたんだったね。…いつからこっちへ来ていたんだい？」

「半年になります。親父殿に来いと命じられれば、俺は逆らえません。急なことだったので、東京で勤めていた会社を辞めるのに苦労しました」

そう言って肩を竦《すく》めた日野に、光岡は笑った。

「ははは、君の場合はそうだろう、優秀なのも困りものなんだなあ」

「とんでもないです。若輩者で親父殿に叱られてばかりです。…ところで光岡先生、ひとつお伺いしたいことがあるのですが」

「私に？」


日野と昴のことが気になってしまい、約束の少女が昴の上の姉・唯鈴かも知れないことについて知春は思考がまとまらなかった。

どれだけ上の空でいたのか自宅の鍵を忘れた知春は、歯科医院の裏手にある自宅玄関ではなく医院の出入り口から帰宅した。普段はいる祖母が、こんな日に限って留守にしている。

「ただい…日野先生!?」

「おかえり」

診察を終えて受付にいた日野の姿に、知春は思わず声をあげてしまう。

「先生…どうしてここに？」

「どうしてって…歯を診《み》て貰いにだよ。腹痛くて歯医者には来ないだろ」

「あ…」

まさか自分を追いかけて来たのかと動揺した知春の様子が手に取るように伝わり、日野は小さく溜息をついた。

「職員室で歯の話をしていたら、今のうちに行ってこいってことになったんだよ。光岡は今帰りなのか？　あー…俺が怒りにここまで来たのかと思った？」

「はい…いえ。お祖父ちゃん…？」

正直に頷きかけて頭を振り、診察室の出入り口に立つ祖父の姿が目にとまる。

患者の見送りに顔を出すなど珍しい。

「ハル、帰ったのか」

「うん…ただいま。鍵忘れた」

「では光岡先生、これで失礼します」

「お大事に」

精算を終えた日野が、武道でもやっていたのかと思うような礼儀正しさで祖父へと一礼し、ドアへ向かう。外へ出る日野を、知春も慌てて後を追った。

「先生」

「ん？　あぁ歯、診て貰ったらやっぱり抜いたほうがいいって。歯茎《はぐき》が腫《は》れてるから、それ引いてからになるらしいけど…光岡？」

不意に髪に触れられ、知春は日野が驚くほど体を震わせた。

「…心配しなくても、お祖父さんには何も言ってないよ」

「…！」

心配を察した日野の言葉に、知春は顔を上げすぐに俯いてしまう。

「そ、うじゃないけど…」

そうか、心配すべきは今日の授業だけではなかった。

では何を心配して、日野を追いかけた？　知春は自問自答するが、その答えは出ない。

「なんかお前、今日変だな。調子悪いみたいだって聞いたけど、大丈夫なのか？」

「…」

大丈夫なのか、と問われたら首を振りたい気分だった。大丈夫どころではない、最悪だ。

だから俯いたままの知春へ、日野は少しだけ体を寄せた。

「今日も塾だろう？　…どうする？　夜、ウチへ寄る？」

知春は周囲を気にしての抑えた日野の声に頷きかけ、すぐに力なく首を振った。

だが来いと言われれば頷いたかも知れない、そんな小さな躊躇だ。

問いかけではなく命令で言われたら、不本意でも日野の部屋に行けたのに。

「すみません、今日は…やめておき、ます」

「ん、そうか」

体調不良と思っているのか、咄嗟《とっさ》に出た知春の言葉を日野は疑わずに納得してくれる。

知春が日野の誘いを断ったのはこれが初めてだった。

「それで、あの…」

「?」

「…今度から先生の所へは、行けないかも、しれません」

「なんで?」

「なんでって…」

どう、答えたらいいのだろう。知春自身が迷ってしまっている。

ただ今は日野の部屋へ行きたくない気持ちのほうが強く、知春を支配していた。

行ってしまったら、もっと自分を見失ってしまう。

…日野への想いが、募っていく。

「塾、辞めるのか?」

「違います。夜、の散歩を止めるかも…しれないので」

言いたいことはそんなことではないのに、思考がまとまらなくて見当違いのことを口にしてしまっている。それが自分で判るから、日野の顔がまともに見られない。

事情を知らない日野は、首を傾げるように知春を覗き込む。

「？」

沈黙に負け、先に口を開いたのは知春のほうだった。

「…俺、夜に歩いていた理由は、人を…捜していたんです」

「人？」

最初に日野は、知春が夜に出歩いている理由を訊かないと言っていた。

「小さい時に、会った女の子です。もう一度会う約束をしていて…」

「女の子？　その子の名前は？」

知春は首を振る。名前が判っていたら大きな手がかりだったはずだ。

「判りません。会ったのが夜だったから、また会えるんじゃないかと。…それで」

だが夜に出逢ったのは、日野だった。

「その子のこと、好きなの？」

「…好き、です」

好きだった、はずだ。

正確にはその気持ちが本当かどうか確かめるために少女を捜していたのだが、今の知春はそれすら判らなくなってしまっている。

「もうその子を捜すのを、止めるのか？」

視線を外していた知春は意を決して、日野を見据える。

「その子は昴に似てるんです…というか、似ているんじゃないかと気がついて。そうしたら昴の、上のお姉さんが…もしかしたらその人じゃないかって」

「…」

話を聞いていた日野の唇が、驚いたように小さく動く。

「もし、その人なら。夜にうろうろする必要がなくなる、からです」

「だから俺とは契約終了？」

「…だってそのほうが、先生も都合がいいんじゃないんですか」

こんなことが言いたいわけじゃない、責めるつもりもないのに棘《とげ》のある返事になってしまう。自分の中で処理しきれないどす黒い感情のようなものが湧《わ》いてきていて、知春は自分の腕をぎゅっと摑んで抑えるのが精一杯だった。

「俺の都合？　…というか、そもそも俺の都合だけの話だぞ？」

二人が話していると背後のドアが開き、光岡が家の鍵を片手に顔を出した。

「ハル、先生とお話があるなら家にあがってもらいなさい。先生とそこにいると、中の女の子達の仕事にならないから。先生も、今日はカミさんがいませんがどうぞ」

「あ…」

振り返ると受付にいた歯科助手の若い女性だけでなく、診察室にいる助手の女性もまで出てきてこちらを窺っている。医院の出入り口はガラスのドアなので、二人が丸見えだった。

そんな彼女達へ、日野は愛想笑いと共にヒラヒラと手を振ってから軽く会釈する。

中から聞こえてくる小さな歓声《かんせい》に、光岡は苦笑いをしながら後ろ手でドアを閉めた。

「患者さんに騒がしくしてしまって、すみません」

「いえこちらこそ。出入り口で立ち止まってしまったので…俺はこれで帰ります」

遠慮する日野へ光岡は笑いながら自宅を指差す。

「女の子達は自宅のほうまでは参りません、ハルが朝から思い詰めた顔をしているので、どうぞ話でも聞いてやって下さい。私も診察があって行きませんので」

「…」

どうする？　と日野に目線で訊かれた知春は溜息をついてからドアから離れる。

「…先生、家はこっちです」

日野は再度光岡へと会釈してから、知春に続いた。

裏手へまわり、医院から見えなくなってから日野は知春の肩を叩く。

「光岡、俺はこれで帰るから。お祖父さんによろしく言っておいてくれ」

そう言って帰りかける日野の上着を、知春は思わず摑んで引き留めてしまう。

「…待って！」

「…」

摑んでしまった手が恥ずかしくなり、知春はすぐに離した。

「いや、あの…。先生を帰してしまったら、後で俺がお祖父ちゃ…祖父に怒られる、し。祖母もいないから、ジュースぐらいしか出せないけど本当に寄っていって下さい」

「お祖母《ばあ》ちゃん、いつ帰ってくるんだ？　お買い物？」

「婦人会の旅行へ。明日、帰ってくる予定」

「ふうん。…二人きりになったら、俺は何するか判らないぞー」

「いいですよ、別に。…どうせ」

「…？」

からかう日野をわざと見ないで返した知春は、耳まで真っ赤にしながら玄関を開ける。

「どうぞ。俺の部屋、こっちです」

靴を脱いで逃げるように先に上がった知春の腕を、日野は摑んだ。

体を強張《こわば》らせた知春は、日野に背中を向けたまま振り返ることが出来ない。

「光岡、お前やっぱり様子が変だぞ？　何があった」

「…」

「…言わないとここで、膝の力が抜けるようなキスするぞ」

知春は振り返ると、その勢いのまま日野の両頰に手を添えて自分から口づける。

日野はそんな知春の体を自分へと抱き寄せ、強く腕をまわしながらそのキスに応じた。

一度唇を離し、再度角度を変えて噛《か》みつくような口づけを重ねる。

「光岡…こんなふうに意地になってキスに応じるくらいなら、やっぱり今夜来いよ」

「…やだ」

部屋に呼ばれても日野に抱かれることがないのなら、行かないほうがましだ。

だけどそんなこと、言えない。

「なんで嫌なんだよ。本当に変だぞ、お前」

「…っ」

恥ずかしさで口づけに濡れた自分の唇を乱暴に拭う知春の髪を日野は梳いてやってから、腕を離す。そして片膝をついて脱いだ自分の靴を玄関で揃《そろ》えてから立ち上がった。

どこか洗練された印象すらある日野の丁寧な所作に半ば驚きながら、彼がこちらを向いたのを機に知春は玄関から続く廊下を歩き出す。

日野を案内する自宅の廊下は、天井からの自然光でとても明るい。

開放的なリビングダイニングの横を通り過ぎ、つきあたりが知春の部屋だった。

この部屋も明るく、腰高の出窓から庭の緑も見える。広さは八畳を超えるだろうか。

一般家庭の場合、子供部屋は二階にあてがわれがちだが知春の家では違うようだ。

その理由を日野はすぐに知る。

「…何か、飲むもの取ってきます。ちょっと待っててください」

てっきりリビングへ通されると思っていた日野は驚きを隠さないまま、振り返った。

「いや、飲み物はいいよ。…この部屋、外へのドアがあるんだな」

そう言って部屋の隅を指差した日野に、知春は鞄を置きながら頷く。

日野が指差した先には、庭に面したドアがあった。

「塾がある日はいつもそこから出入りしてます。ドアを出ると、庭を通って裏口の近道になってて。玄関からだとセキュリティの関係で防犯上面倒なので、何年か前に家をリフォームした時につけて貰ったんです。…俺がこの部屋で眠れないの、祖父母も知っているので」

「なるほど。それでほぼ朝帰りを黙認されてるのか。信用されてるんだな」

日野は納得して頷くが、清潔で明るく居心地がよい部屋だ。そしてこの部屋で出来る限り安眠が望めるよう、ベッドの位置やカーテンなどに配慮が施されているように感じる。

「信用？」

「俺がもし光岡でこの部屋を使っていたら、夜遊び三昧《ざんまい》だ。そうか、それで以前お祖父さんへ電話をした時にすぐに電話をとって貰ったのか」

「…多分。祖父を呼ばなくてはいけないようなことは、これまでにありませんでしたけど」

「うわ、俺が最初か」

頭を抱えた日野は、自分の腕時計に気付いて時間を確かめる。

「光岡、塾へは何時に出るんだ？」

「夕方の六時半には」

何故そんなことを？　と、訝《いぶか》しげな知春へ、日野はベッドを指差した。

「じゃあまだ充分時間はあるな。傍《そば》についててやるから、出かける時間まで少し寝ろ」

「えっ…いいです、そんな」

そうしたくないから、今夜は日野の家へは寄らないと答えたのに。

だが知春の心情など知る由《よし》もない日野は、不思議そうに首を傾げた。

「なんで。お前本当に顔色悪いんだよ…変なことしたりしないから、休めって。時間になったらちゃんと起こしてやるし、俺がいるのが嫌なら光岡が寝付いたら帰るから」

「…」

日野の言葉に知春は立ち尽くし、無言のまま眉を寄せている。

「何…光岡、本当にどこか具合が…」

「先生は…他の人にも、そんなふうに優しいんですか？」

「はあ？　ウチは兄弟全員ガキの頃からお袋から女性には優しく！　と言われて、我が家の家訓で徹底されてたから女には優しくするが。さっきの、受付の女の子達に嫉妬《やきもち》とか？」

「違っ…！　違う、けど」

「じゃあ何」

本当にどうしたのだろうと、日野は知春の顔を覗き込む。

「先生は優しいのか酷い人なのか、どっちなんですか？」

泣き出しそうな声で困り果てた表情の知春に、日野は軽く頭を抱き寄せてチュッ、と音をたててキスをする。知春も、そんな日野にされるがままだ。

「これでも光岡には優しくしてやりたいと思ってるんだが。もしかして、酷いことされたいタイプだったか？」

「違う…！　俺、じゃなくてもいい、ん…だろう？　先生がそういう趣味だから、たまたまいた俺だっただけで。…先生に、俺がこんなこと言う権利なんかないのは知ってる。だけどやっぱりショックで、どうしてそう思うのかも、自分で判らなくて」

「…待て、何の話だ？」

知春の様子がおかしいのに何か明確な理由があると日野は気付き、もっと顔を寄せた。

思わず後退《あとずさ》りしようとする知春の手を取り、離さない。

「光岡、俺にそう言う理由を聞かせて」

「…っ」

「言わないと、今すぐ体に訊くぞ。イかせない状態のままで、言うまで泣かせるぞ」

日野の言葉が冗談ではないのが判るから、知春は眉を寄せたまま見つめ返した。

「…昨夜《きのう》、提出するのにプリントを返して貰おうと思って…先生の家に行ったんです」

「昨夜…？　だけど昨夜は俺と逢ってな…あ」

思い至って顔色を変えた日野へ、知春は絞り出すような声で続ける。

「先生の家の前で猫に呼ばれて…裏の竹林にまわったら、先生と昴の言い争ってる声が聞こえた。先生は本当は、俺なんかじゃなくて昴のほうが…昴でも」

「ちょっと待て、違う」

「だって…！　昴と先生、以前から知りあいだったのに、訊いても惚けたのは俺に教えたくなかったからだろう？　昴も、先生とのことは俺に言いたがらなかった。秘密にしたい理由が二人にあったから」

「違うって…！　そうじゃない！」

思いがけない日野の強い否定の声に驚き、知春は短く息を吸い込んだ。

「…昴とは、知りあいだ。言わなかったのは、教えるほどのことじゃないと思ったんだ。言って変な誤解もされたくなかったし。…昴とは師事《しじ》している剣道の先生が同じなだけだ」

「剣道？」

自分の言葉が嘘ではないと言うように、日野は頷く。

「そう。あの高校へ赴任して来てまだ間もないし、生徒と知りあいだと判ると、誤解されることもあるから言わないようにしていたことは確かだけど」

「誤解？」

「えこひいきしてる、と疑われたりすることがあるんだよ…。昴個人とは特に親しいわけじゃないから、光岡に言うまでもないと思ったんだ。向こうもそう考えたんだろ」

「でも、聞こえて来たのは、ただの知りあいの様子じゃなかった」

日野は右手を上げる。その仕種はどうやら彼の癖らしい。

「誓って…！　昴と言い争ったのは事実だが、光岡が考えているようなことはなかったし、それ以前にお前とのような間柄じゃない。昨夜もそう。光岡が不安になったり、不快に感じさせてしまうようなことは俺は何もしていない。昴に手を出してなんかいないからな」

「…」

真っ直ぐなまなざしでゆっくりと告げる日野の言葉は、すとんと知春の胸に落ちる。

あれほど自分の気持ちを持て余していたのに、こんな簡単に納得してしまってもいいものかと疑問すら湧く。

そう思いながらどこか冷静な部分で、浮気を疑った彼氏《こいびと》のいい訳を聞いているような気持ちになってきて、所在ない居心地の悪さも同時に感じていた。

「お前に脅迫紛いで手を出した俺では、信用されないのは重々判ってるし、証明しようもないんだが。昴とは絶対に、そんな関係にはならない…信じてくれ。…って、なんかこれ浮気を疑われて、自分の恋人に身の潔白《けっぱく》を訴えてるみたいじゃないか…？」

「…ふっ」

最後のほうは問いかけになってしまった日野も同じことを思ったらしい、知春はつい吹き出してしまう。

「笑うなよ…。もしかして昴とのことが気になって、昨夜は眠れなかったのか？」

「…」

知春は答えない。だが耳まで紅潮させた様子が、そうだと日野に教えてしまっていた。

日野に告げてしまってから知春は改めて自覚する、これは嫉妬のような感情だ。

だから恥ずかしい。

「…そんなつもりじゃなかったんですが、盗み聞きしてしまうことになって…すみません」

「いや、俺に謝る必要はない。元々マイナスの信用度だとは思うが、俺はそんなに酷い奴じゃないぞ…多分」

「自分で言うんですか？　それ」

日野はやっと小さく笑った知春から一度手を離し、そして改めて両腕で彼を抱き締める。

そんな日野の背中に、知春も遠慮がちに腕をまわした。

「不安にさせたら、すまない。昴とは、ちゃんと話も済んでる」

「…もう、不安じゃない、です」

恐る恐る日野を抱き締め返してきた知春の言葉に、やっぱり不安にさせていたのかと日野のなけなしの良心が呵責《かしゃく》に痛む。

知春がずっと抱えていた不安を取り除きたくて、日野は抱き締める腕の力を強めた。

そして彼の髪へと顔を埋める。

「クッソ、あー…お前、本当に俺のものにならないかなぁ」

強く抱き締めたまま心底絞り出すように呟く日野へ、知春は首を傾げた。

日野の言う俺のものとはどういう意味なのだろう。支配し、体を重ねた意味ではなく？

「俺にあんなことしておいて？」

「そうなんだけど！　そうじゃないんだよ…もう、大人の都合とかいろいろ面倒臭いの全部ぶっ飛ばして、身軽になりてぇ。そしたらお前に…」

普段の日野よりももっと砕けた口調に、彼が心底そう思っているのが伝わってくる。

言いかけ、日野は最後まで言わずに口を噤《つぐ》んだ。

「…」

それは言いたいけど言えない言葉なのだと、知春にも判る。

声にならなかった言葉に、期待をしてしまいそうになる。…どうしてそう思うのか、まだ自分の中ではっきりと答えを出していないのに。

知春はぎゅ、と抱き締めてから少しだけ体を離した。

「でもそうするワケにいかないから、俺をこうやって抱き締めてくれる…んですよね」

「抱き締めたいのは、俺がそうしたいからだ。いいからお前、少し寝ろ。寝不足で不調ならいいが、少し体熱いぞ。…俺がいて、寝られるか？」

「俺が寝付くまで、いてくれるんじゃなかったんですか？」

「そうしていいならな。光岡の体調が戻ったら、誤解させたお詫び？　に？　サービスするから。今はキスだけで我慢する」

「体調はもう、大丈夫です。でもどうしてそこで疑問形なんですか…」

「お詫びのつもりで、俺が愉しんじゃいそうだから」

「アホですね」

呆れた口調だが知春の頬が上気し、日野の上着を握り締める手がかすかに震えている。

再び知春へキスをするために顔を近付けた日野が、唇の上で小さく囁く。

「…俺が狡い大人で、許してくれ光岡。だけどお前を抱き締めている間だけは」

「先生、それって…？　ん、ふ…」

知春の疑問を最後まで聞かず、日野は再び口づけで封じてしまう。

「ぁは…ふ…」

互いの舌が求めるように絡みあい、喘いで濡れる唇から伝う唾液も日野は舐め上げた。

「お前、キス巧《うま》くなったなあ」

しみじみと日野に呟かれ、知春はそれでも勝ち気に潤んだ瞳で睨《にら》みつける。…睨まれても全然怖くはないが、その仕種が猫のようで可愛いと思ってしまうあたり重症だ。

「それって…ある意味自画、自賛《じがじさん》な気がす…ん」

キスを教えたのは日野自身で、知春の指摘ももっともだった。

日野はわざと音をたてて唇にキスをしてから再び深く知春と口づけを重ねる。

「日野せん…」

キスだけで感じてくると知ったのは、日野に教えて貰ってからだ。

まだ昼間なのに膝の力が抜け、彼に全てを委ねてしまいたくなる。

「光岡に『先生』って言われると、背徳的《はいとくてき》で興奮するんだよな。悪いことしてるみたいで」

「他の奴だって、学校で先生って言ってるじゃないですか。本当に先生なんだし」

「そこにロマンを感じるか否かって話。いいから上着脱いで寝ろ」

「…どうせ眠れないと思いますけど」

日野の腕が緩められたのを機に、知春は下着代わりに来ていたTシャツと、下はベッドに軽くたたまれていたスウェットパンツに穿《は》き替えた。

その間に日野は窓に近付き、カーテンを閉める。遮光《しゃこう》効果の高いカーテンだったため、閉められるのと同時に部屋は夜のように暗くなった。

知春がベッドに入るとヘッドライトをつけた日野が傍らに腰かけ、彼の手を握ってやる。

「眠れるように、子守歌でも歌ってやろうか？」

「歌を聞いて笑い出したら眠れなくなります…それより、何か先生のお話ししてください」

「子供が寝る前に物語を聞かせて欲しいとねだってるみたいだぞ…ええと、俺の話？　何があるかなー。たいした話ってないんだよなぁ」

「…そういえば先生、兄弟いたんですね」

「いるよ。野郎ばっかりの三人兄弟で、俺は真ん中。責任感の強い兄貴と、しっかり者の弟に恵まれたから気楽に生きてる」

話しながら日野は、知春の手を握る力をあやすように強めたり弱めたりしてやる。その不規則なリズムが、横になる知春を柔らかに眠りに誘う。

「先生の兄弟も、剣道を？」

「いや、弟は結構大きくなるまで少し体が弱かったから、兄貴と俺だけ。…弟は、ガキの頃は女の子みたいだったな。今はそんな面影《おもかげ》全くないけど」

「…先生、剣道…強かったんですか？」

昨夜は緊張と不安で特に眠れなかったせいなのか、それが解決して気が緩んだためか、どうせ眠れないと高《たか》を括《くく》っていたのに、握られた手から伝わってくる日野のぬくもりがあっという間に眠気に変わってゆく。

これまで体調を崩した時以外、この部屋で眠気が及ぶことなど殆どなかったのに。

「うーん、学生時代全国大会には出たが。周囲が勝つのが当たり前、って連中ばっかりだったから自分が強かったかどうかは今でもよく判らないんだよなぁ」

そして少し抑えた日野の声が普段より静かで優しく、空から星が落ちてくるように心地好い。まるで自分がとても幼い子供になったようだ。

「…それで先生の立ち居振る舞いって綺麗なんですね。声が、通るのも…納得」

「そうか？　確かに大きい声は出せるけど」

「うん…もう試合とか、出たりしないんです…か？」

もう片方の日野の手が、熱を測りながら知春の額に落ちた髪を梳く。

「眠くなってきたのか？　眠いなら無理しないで意識沈めろよ。…光岡、試合見たいの？」

「先生の剣道着姿、見たいな…俺、どうしてこんなに眠いんだろう…」

この部屋では浅くしか眠れないはずなのに、今はまるで日野が自分に催眠術をかけたかのように強い眠気に襲われていた。

「俺といると、寝る癖ついてるんだろ。…元々眠りが浅いのに、悪かったな」

「…」

違う、と声が出ない。だから代わりに半分以上眠りに落ちながら、知春は握る手に力を入れた。応じて、優しく握り返される。

「そういえば、光岡が捜している女の子って…」

日野の問いを遮るように、知春が口を開く。だが眠気に負け、殆ど言葉にならない。

「どうしても会わないと、いけないんです…だってあの子が、約束と一緒に俺の眠りまで…

連れて行ってしまったから…」

「…そうか」

「…」

日野の小さな呟きを聞きながら、知春はそのまま滑り落ちるように眠ってしまった。


次に知春《ともはる》が目を覚ましたのは、聞き慣れない着信音だった。

発信源は枕の横に置かれていた日野《ひの》のスマホからで、塾へ行かなくてはならない少し前の、今の時間にあわせてスケジューラーが設定されていた。

持ち主である日野の姿は既《すで》に部屋になく、素《そ》っ気《け》ないスマホのスケジューラー画面がベッドの中で俯《うつぶ》せに体を起こした知春の頬《ほお》を淡く照らす。

「先生…俺の目覚ましのために、わざわざ自分のスマホ置いていったのか？　俺に中覗《のぞ》かれても平気なのかよ」

携帯電話は所有者の個人情報が詰まっている。相当親しい間柄であっても、本人不在の場合容易《ようい》に扱えるものではない。

日野がスマホを預けたのは覗き見られても困らない情報しか入ってないか、または知春を信用しているかのどちらかだ。

そのどちらが理由なのか知春には知る由《よし》もないが、手の中のスマホがなんだか自分が日野の特別である証のような気がして、嬉《うれ》しさと同時に恥ずかしい気持ちも募《つの》ってくる。

「…参ったな」

照れに負けた知春は日野のスマホを握り締めたまま、のびてきて鬱陶《うっとう》しく感じる前髪を自分の手でかきあげた流れで再び枕へ顔を埋《うず》めた。

「確かに昨夜は殆《ほとん》ど眠れなかったけど。…あんな簡単に寝落ちちゃってたら、ホントにこの部屋で熟睡《じゅくすい》出来ないなんて先生に信じて貰《もら》えないよなぁ」

日野に手を握って貰っていただけで、あっさりと寝てしまったのだ。我ながら無防備にも程がある。彼の部屋で何度も泊まっているのにと、自分を納得させようとしても恥ずかしく思う気持ちが次から次へと湧《わ》き起こって収まらない。

それでもなんとか体を起こした知春は、アラームを止めようと改めて画面を覗く。

「あれ…？」

見るとスケジュール欄《らん》に日野からのメッセージが残されていた。わざわざタイマーではなくスケジューラーにしたのはこのためのようだ。

『光岡《みつおか》へ　ホーム画面にメモ』

「メモを見ろってことかな…」

幸いにも知春が使っているスマホは日野と同機種だったので、操作は判る。

指示通りにホーム画面に戻ってアプリのメモを軽く叩《タップ》いて開くと、メモには知春への宛名《あてな》と共にスマホの番号とメールアドレスが残されていた。

「…！」

今夜の約束でも書いてあるのかと軽い気持ちでいた知春は、急いでベッドから離れて自分のスマホを取り出し、残されたメモの番号を押す。

すぐに握っていた日野のスマホが鳴動《めいどう》し、知春からの着信を知らせる番号を表示した。

「…これ、先生の連絡先だ」

自分宛に、残されたメモ。

二つのスマホを手にしていた知春は天井をしばらく見上げて迷ってから、やがて意を決して残してくれたメールアドレスを入力して日野宛にメールを送る。

タイトルには自分の名前だけを、そして本文は番号と送信に使ったアドレスを記入した。

双方《そうほう》のメールの送受信を確認してから、日野のスマホだけ電源を落とす。

誰かが日野宛に連絡をしても、電源が落ちていれば後で本人が巧《うま》く言うだろう。

もしかしたら連絡を取るために日野が自分宛にかけてくるかも知れないが、電源を落とした知春の行動を見越してかけてこないかも知れない。

むしろかけてこないだろうという確信のほうが、強かった。

日野がわざわざスケジューラーとメモに『光岡へ』と残したのも、他人の個人情報を覗き見しない生真面目《きまじめ》な知春の性格を踏《ふ》んでのことだろう。もし宛名《あてな》がされていなかったら知春はメッセージが残っていても間違いなくメモは覗かないし、仮に覗いても自分が知っていい情報なのか判断つきかねて結局日野へ自分の連絡先を伝えなかったはずだ。

「…夜に自分の所へスマホを届けに来るかな、とかは考えてそうだけど」

実際、今日の塾が終わったらそうするつもりでいる自分がいる。

行動を読まれているようで悔しいが、日野の残してくれたスマホがなければ寝過ごしていたかも知れないのだ。

自分の携帯を預けてまで彼に気遣《きづか》われる嬉しさを感じながら、知春は塾に出かけるために仕度《したく》をした。

日野への想いは、知春が約束の少女と会いたい理由と相反《あい》するものだ。

それでも今自分が感じている甘く痺《しび》れるような気持ちは、何物にも代え難《がた》いものだった。

だが翌日の昼休みになっても、日野のスマホは知春の上着に入っていた。

こんな時に限って昨夜は運悪く塾の帰りに別の塾に通うクラスメイトと遭遇《そうぐう》し、同じ方向の帰宅路だったためにそのまま帰るしかなかったからだ。

それならと朝早めに登校して待っていたのだが、今度は日野が午後からだと言う。早めに日野へ返したいが、ものがスマホでは職員室にいた他の教諭《きょうゆ》に預けるわけにもいかず結局電源を切った状態でポケットに入れたまま今に至る、という状況だった。

昼食後、知春は隣の席でクラスメイト達が車の雑誌を広げて賑《にぎ》やかに話しているのを頬杖ついて聞きながらぼんやりと窓の外を眺めていた。友人達が集まっている座席の本人の昴《すばる》は少し前に電話が入り、教室にはいない。

『…お前、本当に俺のものにならないかなぁ』

昨日絞り出すように呟《つぶや》いていた日野のあの言葉は、どういう意味だったのだろう。

普通に考えれば性的な意味にとれるが、それはもうしてしまっている。男女であれば結婚などの意味もあるかもしれないが、男同士の自分達では該当《がいとう》しない…はずだ。

言っていることとやったことは常識の範疇《はんちゅう》を超えていたが、知春は日野に所有物のように扱われたこともないし、その逆で彼はいつも優しかった。

知春を抱いた時も日野の性処理の捌《は》け口《ぐち》としてではなく、相手を愉《たの》しませ手解《てほど》きするような行為に近いものだった。日野が好き勝手に蹂躙《じゅうりん》することは絶対になかったと言える。

日野自身あまり自分のことを語らないし、判断するには圧倒的に情報量が少ないのは判っているが、それでも知春は彼が思わず呟いたのであろう、その言葉が引っかかっていた。

「…だよな？　ハルはどう思う？」

「ん？」

急に話を振られ、知春は窓から友人達へ顔を向ける。振り返った知春へ、四、五人で話していた友人達が揃《そろ》って顔を寄せた。

「こいつが兄貴から聞いた話らしいんだけど、兄貴の彼女が後ろもオッケーで」

「…さっき、自動車のバックモニターの話をしていたんじゃなかったか？」

「そうそう、そのバックからでー…で、兄貴の話によると…らしい」

「何が」

「後ろ。凄《すげ》ぇ締まるんだって。相手の女が慣れてる奴だと普通にやるより、気持ちがいいらしい。一度そっちのよさを覚えると、ホモじゃなくても癖《くせ》になるって」

「…！」

卑猥《ひわい》な話にどこか熱っぽく浮き足だっているクラスメイトの話に、知春は思わず日野とのことを思い出してしまう。駄目だ、と思うより先に頬が熱くなった。

「おぉ？」

「ハルちゃん？」

「あらちょっと意外に可愛《かわい》い反応してんな、ハル」

思いがけない知春の反応に、クラスメイト達は驚いて顔を覗き込んでくる。

紅潮《こうちょう》しているのが自分で判るから、知春は顔を隠すように手の甲で熱い頬を押さえた。

「うるさい。そういうもの…なのか？　気持ちが、いい…もん？」

日野も、そんなふうに自分で気持ちがいいと感じてくれてたのだろうか。そう思うと、胸の奥が甘く痛む。

「…らしい。可能だったら、ハルなら試したいか？　って話」

知春の言葉が疑問符《ぎもんふ》なことから、そこまでは経験がないのかと友人達は判断したようだ。

「ハル、校外でモテるもんなー。ノーマルなことはしても、後ろまでさせてくれる女はさすがにいないだろ。年上の経験豊富な彼女なら別だけど」

「男子校なのに校内でハルがモテたらやばいって。…実際モテるけどな」

「俺別にホモじゃないけど、ハルとなら一度してみたいけどなー、それか昴」

「殺すぞ」

冗談だと判っていても、嫌悪も露《あら》わに眉《まゆ》を寄せた知春の反応に友人達は一斉《いっせい》に笑う。

「俺もどっちかとするなら、昴よりハルがいい」

「なんで」

「だってハル、この頃なんか妙に艶《つや》っぽいし」

「はあ？　俺のどこが？」

本気で意味が判らない知春一人を除き、周囲の友人達はそれぞれ同意して頷《うなず》いた。

「判る判る。なんつーか、いい感じに隙《すき》が出来たっつーか。好きな奴とか、誰かとつきあってんならその相手と充実してそう、って感じだよな。もともとハルってちょっと独特の雰囲気があったんだけど、それが最近パワーアップしてるんだよ」

「ハルって整って綺麗《きれい》な顔してるけど、だからってこれまでモヤったりしたことないのに。最近ふとした時にちょっと手をのばして髪とか触ってみたくなるんだよなー。なんでだろ」

途端、判ると周囲が再び賛同する。

「なんだそれ。俺は女じゃない。お前達だって半分彼女持ちだろ？　なんで俺なんだよ」

「彼女持ちだからこそ判るっつーか。ハル、最近変わったことで思いあたるのないのか？」

「…ない」

唯一考えられるのは、日野と関係したことぐらいだ。

だがそんなこと絶対言えないし、自分ではどんなふうに以前と違うのか判らない。

「…けど、最近夜に寝てるから、とか？」

「エッチな意味で？」

「就寝のほう！　すかさず拾うのか」

「下ネタに繋《つな》がる単語には敏感な年頃だろ。してない、と言わないところがハルだよな。そういえば今日も昼休みなのに起きてるし、彼女との充実でガリ勉やめたのか？」

「…もういいよ、それで」

顔立ちの整った知春が以前からモテているのを知っている友人達は、彼女がいないとは思っていない。いないと言っても全く信用されないので、言われるがままに任せている。

長続きはしないが女の子とつきあったことがないと言えば嘘だし、フリーだと判ると告白に呼び出されたり待ち伏せされたりと面倒なことが多いのでエア彼女はいたほうがいい。

「ハルって普段も穏やかだから、好きな彼女には凄《すご》く優しそうな気がするよな。だから俺、ハルならどんなキスとかエッチとかすんのかな、って考えたことある」

「考える対象が違うだろ、それ。考えるなら俺じゃなくて、相手の女のほう」

「いや、判ってるんだけど！　ホモじゃないけど、ハルとならしてみたくなる」

今話した友人と自分が？　一瞬でもそう考えただけで知春はあり得ない、と即座に嫌悪感が全身を走り抜けた。嫌悪感というよりも、生理的レベルの激しい拒絶に近い。

「…」

もしかして最初の時日野が何度も確認して訊《き》いたのは、これのことだったのだろうか。

「…無理だ、ごめん。友情はあるけど、俺が勃《た》ちそうにない」

真顔でそう呟くことで惚《とぼ》けた知春に、他の友人達が爆笑する。

「それでこそハルだよ」

「昴なんか押し倒したら、竹刀《しない》で頭叩《たた》き割られそうだしな」

「だよなー。特に昴はホモネタ振られると怒《いか》り狂うからなあ」

「俺も怒るぞ」

すかさずの知春の突っ込みに、友人達は笑うばかりだ。

「だから面白くてからかうんだけどな。そうだ、竹刀って言えば、さっき職員室で…」

友人が言いかけた言葉に被《かぶ》るように、バルコニーで追いかけっこをしていた他のクラスメイトが大きな声をあげた。

「おーい、日野ちゃーん！　その格好《かっこう》どうしたんですかー？」

「…何だ？」

「日野ちゃん、校庭でなんかやってんのか？」

「ハルも見に行こうぜ」

その声に興味がわいた友人達が立ち上がってバルコニーに向かう。

あまりにタイムリーな日野の登場に内心焦りながら、知春も友人達の後に続く。

皆とバルコニーの手擦り越しに見下ろすと、グラウンドに意外な格好の日野がいた。

「あれは…」

「道着だ、剣道着着てる。日野ちゃん、マジ剣道やんの？」

その呟きのとおり、剣道着姿の日野がちょうど彼等が覗くバルコニーの下を過ぎるところだった。歩いてきた方向をみると、体育館から校舎へ戻って来たらしい。

「うわー日野ちゃん、あの袴《はかま》姿格好いいなー！　凄ぇ似合ってる」

「…うん」

隣に立つ感嘆《かんたん》混じりの友人の呟きに、同じことを思っていた知春も頷く。

剣道着姿の日野は精悍《せいかん》で、普段見るスーツ姿とは全く違う雰囲気だった。

今は防具をつけていないので、藍染《あいぞ》めの胴衣《どうい》と袴がさらに禁欲的《ストイック》な印象を生んでいる。

「日野ちゃーん、剣道でもやるんですかー？」

次に声をかけたのは、階下の三年生だ。

生徒達で鈴なりになっている校舎バルコニーからの声に気付き、日野が顔を上げる。

「そうー！　豊田《とよだ》先生に決闘《けっとう》申し込まれたー。しかも今日の放課後」

「決闘じゃなくて、模擬《もぎ》試合！　この空き時間に、体育館で充分ウォーミングアップする時間はあったんだからいいだろ。出前のラーメンのびるから、早く職員室戻って来い、日野！」

真下の二階職員室から聞こえて来た豊田の怒声《どせい》に、彼の担任クラスである知春達は賑やかに爆笑する。

「日野先生、模擬試合するのか？　豊田先生って剣道部の顧問《こもん》だろ？」

暗に大丈夫か？　と疑問符を投げる知春に、隣の鈴木《すずき》が笑いながら手を振った。

「昴から聞いたけど…日野ちゃん、インターハイ優勝経験者なんだって」

「えっ…そうなのか⁉」

「豊田先生の大学の後輩で、それでこの学校へ呼べたらしい。部活動中、日野ちゃんが剣道やってて豊田先生よりも強いかもって話を聞いた剣道部の奴らが、模擬試合を観たいってねだったって」

剣道をやっていたとは聞いたばかりだが、そこまで強いとは。

「模擬試合…今先生達が話してた？」

「そう。ずっと断ってたらしいけど、日野ちゃんが急にやるって。気が変わらないうちに速攻開催になったらしい。…ていうのを、さっき職員室で聞いてきた」

『…光岡、試合見たいの？』

昨日、日野は知春にそう訊いていた。

もしかして自分が見たいと言ったから、日野は学校で模擬試合を承諾《しょうだく》したのだろうか。

「…」

自分のために？　そんなこと思うのは自惚《うぬぼ》れだ、判っている。そう自分に言い聞かせても、知春はもしかしたらと淡い期待に胸が高鳴ってしまう。

避難経路を想定しているバルコニーは同じ階の教室全てと繋がっているため、騒ぎを聞きつけた他のクラスの生徒達も何事かと教室から出て来ていた。

そして彼等もまたグラウンドにいる日野の姿に、口笛混じりの歓声を投げかける。

「日野ちゃん、格好いいー！　抱いてー！」

「こら、上の生徒達！　ちゃんと先生をつけなさい」

「豊田先生だって、さっき呼び捨てにしてたくせにー」

「俺の後輩だから、ついこれまでの呼びかたになるんだよ」

階下からの豊田の声に、生徒達は笑いながら訂正する。

「じゃあ訂正しまーす、日野ちゃん先生抱いてー」

冗談だと判っている野次《やじ》に、日野は爽《さわ》やかに笑いながらも行儀悪く中指を立てる。

「せっかくだけど悪い、絶対勃たない！」

「日野ちゃん、ハルと同じこと言ってる」

先程の知春と全く同じ反応に、話をしていた友人達が大爆笑していた。

「豊田センセー、放課後の模擬試合俺達も見学していいですかー？」

誰かからの問いに、階下から再び豊田が応じた。

「いいぞー。言っておくが『模範試合』だから、お前達が期待するようなものとは違うからな。…でもまあ観たいなら、試合してお前達が抱かれたい日野先生が無様《ぶざま》に負けるところを見せてやる。先輩特権で俺は絶対に負けないからな」

「いやー、俺遠慮なく倒しますよ豊田先生。…ところで次の授業、この格好駄目ですか？」

「バカそこは先輩《俺》の顔を立てて負けとけ！　そして駄目！　せめてジャージに着替えろ！」

仲がいい教諭同士のやりとりに、生徒達が一際賑やかな笑い声をあげる。

そんな彼等の中、日野がこちらを見ていた知春に気付く。

「そうだ光岡、お前プリント再提出。昼休みの間に取りに来いよ」

「うえ」

日野の言葉に、知春は渋面《じゅうめん》を浮かべながら手を上げる。

「ハル、ご指名かよ」

「いいよ、代わる？　たまに起きてるとこれだよな。…ちょっと行ってくる」

内心の動揺をカケラも見せずに、からかう顔見知り達を躱《かわ》した知春は、職員室に向かうため教室を後にした。


職員室に行くと、日野は着替えるために教科準備室へ行ったという。

話を聞いた知春は、そのまま同じ階にある教科準備室のドアをノックした。

「いるよ、どうぞ」

「失礼します」

日野の在室を確認し、知春は教科準備室のドアを開く。

中にいた日野はこれから着替えるところだったらしく、まだ剣道着姿だった。

「…先生これ、昨日はありがとうございました。お陰で助かりました」

そう言って知春は昨日のスマホを手渡す。

「うん。ちゃんと起きられたか？　…何？」

教科準備室のドアを後ろ手に閉めた知春が、ドアの前でじっと日野を見つめている。

「…やっぱり、格好いいですね」

「惚れ直した？」

「はい」

意外にも素直な返事に、日野は知春から受け取ったばかりのスマホから顔を上げた。見ると、知春はうっすらと頬を上気させている。

知春自身、なんでそんなことが素直に言えてしまったのか判らない。

「先生のパジャマが浴衣《ゆかた》なワケ、なんか判りました」

「そうか？　昔から着ることが多かったせいで、慣れもあるんだよな」

その日野の浴衣を、知春も時々借りて着ることがある。洗濯されたばかりのものを借りても、着ると清潔な日野の匂《にお》いがするような気がして知春は密《ひそ》かに気に入っていた。

「でも…見慣れないせいかな、袴姿だと先生がハイカラさん？　に見えます」

「なんで女学生なんだ…あ、袴のせいか。こんなごついハイカラさんは厳しいだろう…」

「俺から見ると、どっちも着物です」

「あー、なるほどな」

納得する日野の横顔に知春は何かを思い出しかけるが、それが何なのか自分で判らない。

「…？」

だが知春はすぐに思い出すのを放棄《ほうき》して、別の話題を口にする。

「そういえば…豊田先生と模擬試合するんですね」

「『俺が日野先生の剣道する姿が見たいって言ったから、試合するんですか？』って、俺に訊いてもいいぞ。そうだから」

「…！　そんな図々しいこと、絶対訊きません」

知春らしい返事に、日野は小さく笑う。そして電源を入れたスマホから顔を上げた。

「なあ光岡…これ、登録してもいいのか？」

日野の問いに、知春は小さく頷く。

「どうぞ。登録名は偽名《ぎめい》にしてください」

そっけない返事は知春の照れ隠しだと判るから、日野は全く気にしない。

「なんで。しないよ。…でも」

「？」

「いや、光岡はやっぱりこれの電源切ってたなーって」

日野は手にしたスマホを軽く振り、思い出し笑いに肩を震わせた。

「…かかってきても、俺が出るわけにいかないし。自分のスマホにかけたんですか？」

「いや、かけてない。どうせ光岡は電源落としておくと思ったし」

「俺に預けて、中を見られても平気だったんですか？　俺、電源切る前に見てるかも」

「別に。光岡ならいいよ。そもそも光岡に見られても困るような情報ないし。見る？」

どうぞ、と手にしていたスマホを差し出され、知春は眉を寄せた。

「見ません」

即答する知春の声を聞きながら、日野は彼のアドレスと携帯番号の登録を済ませる。

知春は本当にこの中の情報を覗いていないだろうと日野は確信していた。もし覗いていたら、こんなふうに穏やかな表情で日野の元へは訪れていないはずだ。

中を覗いたことを先に詫《わ》びてから、何故《なぜ》日野のスマホにそんな情報があるのか問い質《ただ》しただろう。知春本人も知らない、彼に関する情報がこれには入っている。

知春に知られてしまえば自分のことを全て話せたのだが、なかなか巧《うま》くいかない。

「事故を装《よそお》って、他力本願で楽をするなということか…」

「？」

「いや、こっちのこと。そういうお前だから、安心してスマホ預けられたんだけどな。放課後、観に来いよ。もっと格好いいトコ見せてやるから」

スマホを机に置き、日野は着替えるために胴衣を脱ぎ始める。

「そうするつもりです。…でも模擬試合なら、試合そのものは」

「部員に模範の型を見せるのが目的だから、型の披露《ひろう》が大半だろうけど…豊田先生のことだから絶対勝負しようって言い出すと思う」

「勝てそうですか？」

「いや、向こうは現役だぞ…どんだけ強いと…そうだ、勝ったら何かご褒美《ほうび》くれる？」

「は？　ええ、いいですよ…俺で出来ることなら」

「どうしようかなあ…じゃあ俺が豊田先生から一本取れたら、今度デートしよう」

「はあ」

「何、その気のない返事」

「いや…俺とデートなんかして、愉しいのかなあと」

本当は違う。日野とデートなんて、それではまるで。

…まるで恋人同士のようだと思い至り、気の抜けた相槌《あいづち》しか出なかったのだ。

「したことないんだから判るわけないだろ、そんなの」

「…そう言われると、そうですね」

確かにそのとおりだと、知春は納得する。

日野は気合いを入れるようによし、と一度拳《こぶし》を握ってから改めて着替えを続ける。

「その代わり、光岡の好きな場所へ行こう。車が必要なら借りればいいし。…その前に」

「？」

日野にちょいちょい、と手招きされ、近付いた知春の背に両腕をまわす。

知春もされるがままで、彼の胸へと体を預けた。

カーテンは引かれてるし、誰からも見えないだろうと安心してのことだ。

「勝てるおまじない、俺にして」

「俺のキスがおまじないには…それに、昼食べたばかりで…先…」

日野の顔が近付き、知春は目を伏せた。そのまま甘い口づけを重ねる。

「ふ…ぁ」

外から見えないと判っていても、学校の教科準備室で日野とキスをしていると思うだけでチリチリと指先が電気に触れたような興奮を感じていた。

「光岡…」

それは日野も同じなのだろう、軽く重ねられたはずの唇は次第に互いを求めるように舌が絡まって深くなり、抱き締めている体がさらに密着する。

…キスに夢中で、自分が背中を向けていた準備室の扉が僅《わず》かに開かれたことも知春は気付かなかった。

「んっ…」

熱っぽい日野の手が、背中から真《ま》っ直《す》ぐ下へ伝う。その手に制服越しに双丘《そうきゅう》を軽く摑《つか》まれただけで、知春は抱き締められながら濡《ぬ》れた声を零《こぼ》した。

「…キスが甘いのは、イチゴ味？」

「だから言ったのに。昼にイチゴジュース飲んだんです。…今夜、行きましょうか？」

知春から進んでそんなことを言ったのは、これが初めてだ。

だから恥ずかしくて、日野の顔が見られない。

そんな知春の髪へと改めてキスをしてから、日野は残念そうに溜息をついた。

「俺もそうしたいけど…多分今夜は、豊田先生と飲みに行くことになると思う」

「あ…」

彼の返事に、知春は自分でも驚くほど落胆《らくたん》した声が出てしまう。

日野はそんな知春の様子に柔らかに笑うと、もう一度彼の前髪に唇を寄せた。

「…また、呼ぶ」

「はい」

忘れないようにと本命の…それは知春を呼び出す口実に過ぎないのだとお互い承知の上だったが、再提出分のプリントを日野は手渡した。わざわざここまで持ってきていたらしい。

「じゃあ俺、これで失礼します」

「光岡」

知春はドアを開けたまま、呼び止めた日野へ振り返る。

「約束の…女の子に会えなくても。部屋へ遊びに来いよ」

「……」

知春はそれに答えられず、無言のまま軽く会釈をしてから教科準備室を後にする。

……昴は、お昼休みが終わる間際に教室へ戻ってきた。

放課後、知春は日野の模擬試合を見学するためにお昼時に一緒だった友人達と体育館にいた。昼の騒ぎと噂《うわさ》を聞きつけた生徒達で、学年問わず二階のギャラリー席は賑わっている。

昴は剣道部員のため、当然ギャラリー席にいない。

模擬試合は日野が教えてくれたとおり、あらかじめ決められた型を披露していく。

「あー、日野ちゃんやっぱり凄いわ」

感心した声を上げたのは隣に座っている鈴木だった。

「そうなのか？」

体育の必須授業で柔道か剣道の選択があるので、見学の中にも多く剣道経験者がいる。

鈴木もその一人で、人気が高いのは剣道クラスなのに、防具を面倒がって柔道を選択した知春へひとつひとつ技の解説をしてくれていた。

「うん。顧問の豊田先生が当然巧いせいもあるんだけど、技の入れかた・決めかたがとにかく凄い綺麗《きれい》だ。日野ちゃんの名前で検索したら、動画とか出てくるかも」

「凄い…とは思うけど、どの程度凄いのか判らないと、なんか勿体《もったい》ないな。だけど、日野先生の動きは確かに綺麗だ。なんというか洗練されて、優雅《ゆうが》に見える」

「試合だと殺気とかプラスされるんだろうけど。日野ちゃんのファン、増えそうだなー」

「ファン…いるのか」

日野のあの容姿や性格なら憧《あこが》れる男子生徒もいるだろう、というのは知春も納得出来る。

「いるよ、兄貴肌だしあんだけ格好いいんだから。剣道部の部員も増えるかもな。あながち昼の『日野ちゃん抱いてえー』も冗談に紛《まぎ》れて本気の奴いるかもよ。男子校っぽいよな」

「…」

半分面白がっている鈴木の言葉に、知春は思わず片手で頭を抱えてしまう。

抱いて、と自分から頼んだわけではないが日野と関係を持った身としては複雑だった。

日野に抱かれて嫌だった？　否、そんなことはなかった。

では何故、何もかも初めてだった自分が嫌じゃなかったのか。確かに最初は契約を持ちかけられての行為だったが、好奇心もあった。

それよりも、何故日野は知春とそうしたいと思ったのか。

「…まあ、確かに格好いいと思う」

「だろ。日野ちゃんが俺達の副担になって、結構羨《うらや》ましがられてるくらいだからな」

「判る気はする」

…自分が選ばれた理由を、いつか日野から聞ける機会があればいいと知春は思うようになっている自分に気付く。

「…ところでさ、知春。昼にあった昴宛の電話ってなんだったんだろうな」

「？」

「いや、昼休み終わって戻って来てから、昴ずっと思いつめた顔してるだろ。電話かかってくる前は普段と変わらなかったのに」

鈴木の指摘通り、昴は一言も喋《しゃべ》らないまま放課後になって部活動に参加している。

彼は不機嫌になるといつも口をきかなくなるので、知春は長年の経験からあえてかまうことはしていない。気にはなるが、訊いても理由を教えてくれることはいつもないのだ。

「ちょっと前までいろいろ悩んでたみたいだったから、それがぶり返したのかねー」

「ちょっと前？」

「日野先生が赴任してくる前頃くらいな。でもそれからは落ち着いて、あんなふうになることはなかったからさ。まああいつのことだから、すぐに戻るとは思うけど」

「…」

下では技が一つ披露される度に、豊田と日野の声が体育館中に響く。

ギャラリーにいる生徒達もその声に飲まれるように、殆どの者が静かに見学している。

「あ、なんか試合やるみたいだな」

「うん」

やがて模擬試合が終わり、豊田が部員達とギャラリーをけしかけて日野に試合を申し込んでいる。ギャラリーもそれに乗り、笑いと共に大きな拍手が広がった。

じゃあ一回だけ、と防具を着けたままの日野の仕種で彼が承諾《しょうだく》したことが判る。

「日野先生と豊田先生、どっちが勝つんだろう…」

『一本取ったらデートしよう』

あの言葉が本当なら、もし日野が一本取ったらデートすることになる。

「俺は日野ちゃんに、先に勝って欲しいな」

「どうして？」

首を傾《かし》げた知春に、鈴木は続けた。

「豊田先生が負けたら、絶対自分が一本取るまで何度でも試合やるだろ。まあ先生達、上級者同士の勝負は一瞬だろうから…あ！」

試合を観ながらの鈴木の言葉だったが、先に一本を取ったのは日野のほうだった。

そして鈴木の言葉通り、納得しない豊田が再勝負をしかけて１対１で試合が終了した。

昴から知春宛にメールが届いたのは、同じ日の塾の休憩時間中だった。

『姉さんから連絡有。ちょっと話したいから、今夜駅前で会えないかな』

すぐに承諾の返信を出した知春は塾の後、昴と待ち合わせするために駅で待った。

向こうのほうが塾が終わる時間が遅いので、知春は少し待つことになる。

「…」

こんな時でも、知春は行き交う人の中に約束の少女がいないかと捜してしまう。癖と言うよりは、もう半分習慣のような感覚だ。

「俺がデカくなってるんだから、向こうだってもう子供じゃないんだよな」

判っていても、成長した少女の姿を知春は巧く想像出来ない。もしかしたらこの雑踏《ざっとう》の中に、約束の少女がいるかもしれなかった。

でも会えば、絶対に判る。知春はそんな確信があった。

「ん？」

上着のポケットに入れていたスマホがメールの着信を知らせる。

見ると、日野からのメールだった。

『一本取った』

タイトルは空白《ブランク》で、本文はそれだけしか書かれていない。

「同じ内容なら、絵文字アイコンとか駆使《くし》して送ってきそうなタイプなのに」

意外にも素っ気ないメールに驚きを感じながら、知春も返信する。

『試合観てました。約束覚えています』

送信すると、すぐに戻ってくる。

今度は居酒屋で飲んでるらしい、テーブルの画像が添付されていた。沢山のメニューとビールが写っている画像から、どうやら愉しく飲んでいるらしい様子が伝わってくる。

今度は本文もないメールに、知春は思わず苦笑してしまう。

「…もしかして先生、飲んでるけど暇なのか？」

知春はちょっと考えてから、半分照れを感じながらも返信した。

『飲み過ぎないで下さい』

『明日も早く帰れよ』

「…」

すぐに帰ってきたメールの内容に、知春は少なからず落胆《がっかり》する。

つまり明日も『呼び出し』がない、ということだ。

また、メール。

『その代わり、歯ブラシ買ってやるから』

『歯ブラシ？　歯医者の孫に？　ですか？』

『そろそろ俺の部屋にあったほうが便利だろう？　俺と色違いのお揃いにしてもいいヨ』

「…！　なんだよ、このヨ、って…酔っ払ってるな、これ」

日野の部屋に置く歯ブラシの意味だとようやく理解し、知春は思わず笑ってしまう。

「ハル、凄いニヤニヤしてる。彼女からのメール？」

「昴…まあそんなとこ」

顔を上げると、いつの間にか来ていた昴が知春の顔を覗き込んでいた。

「…俺、ニヤニヤしてた？」

「うん、遠目でもにやけてた。ごめん、ちょっと遅れた。待った？」

「いや、大丈夫」

そんなににやけていただろうかと、むう、と考え込む知春の背中を昴は笑いながら叩く。

「怖い顔してるよりいいだろ」

「そうだな」

現れた昴はいつもの穏やかな様子だった。それにちょっと安心しながら、知春は続ける。

「…お姉さんから連絡あったって」

「あ、そうそう。姉さんにオルゴールの話したんだ。そしたらいつのことかまでは詳しく覚えてないけど、小さい時自分の持ってたオルゴールを人にあげたことがあるって」

「…！　本当か？」

「うん。…で、ハルが会いたがってるって伝えたら、ちょうど今週末くらいにこっちへ来る予定があるからよければその時に会おうって。…会う？」

「勿論」

「別人の可能性も、あるよ？」

「それでも、これまでよりもずっと可能性がある。駄目元でもいいよ。ありがとう、昴」

「お礼なんていいよ、水くさい。…でも」

「…？」

不意に昴の声が沈む。どうしたのだろうかと首を傾げる知春へ、昴は俯《うつむ》きながら続けた。

「ひとつ、いいかな」

「？」

何を言おうとしているのか、昴が緊張したのが伝わって来て知春も反応してしまう。

「日野先生のことなんだけど」

「…！」

顔を上げた昴は、思い詰めた表情を浮かべていた。

「ハル、日野先生に何かされなかった？」

「何かって…何…」

「どんなに優しくされても、どんなにいい人だと思っても…どんなことがあっても、日野先生を絶対信用しちゃ駄目だよ。あの人は、ハルの味方じゃない」

「どういう意味だ？　昴。日野先生を信用するなって言う、その理由を教えてくれ」

「…」

突然の言葉に眉を寄せる知春へ、昴は首を振った。

「昴」

抑えた口調の知春に、昴は重そうに口を開く。

「今日、学校で。昼休みに教科準備室でハルと日野先生がキスしてるの、見たんだ。ハル、もしかして…先生と、寝た？」

「…！」

頬に緊張を走らせた知春を、昴は射貫《いぬ》くように真っ直ぐ見つめながら繰り返した。

「あの人は狡《ずる》い大人だよ、ハル。しかもタチが悪い。最初は弱みにつけ込んで支配して、なのに以前から好意があったように優しく振る舞うんだ。まるで自分があの人の特別な存在みたいに、夢見心地で舞い上がるような気分にさせてくれる」

「すば…」

それはまさに、今の知春の心境だった。

「気がついたらあの人に溺《おぼ》れて、がんじがらめになってて逆らえなくなってる。…抱いて欲しくて、言われるままに従ってしまう。それが、あの人のいつものやりかたなんだ。だからハル、どんなに日野先生に優しくされても、絶対信用しないで。あの人は目的があってハルに優しいだけなんだ。あの人は、本当はハルの敵なんだよ」

「目的？　男の俺をそうして、日野先生に何の得があるって言うんだ？　俺の敵？　俺に敵なんかいな…」

「でも、味方もいない。ハルに敵がいなくても、ハルを嫌ってる人達がいるじゃないか。ハルの存在自体を、疎《うと》ましく思っている人間が。…日野先生も、そのひとり」

「…！」

自分を見つめたままの昴の短い言葉が、知春の胸に突き刺さる。

昴はいつの間にか自分の背を越していた知春の胸元に、人差し指を立てた。

「それと同時に、先生にとって唯一最大の『得』になることが、ハルの血の半分を構成してるんだ。ハルを手駒《てごま》に出来れば、もしかしたらの可能性もあるから」

「それは、吉松《よしまつ》の家のことか？　俺は、あの家を継《つ》ぐつもりは…」

「ハルになくても、周囲はそう思わないよ。今はそう思わなくても、未来なんて判らないだろう？　日野先生はそう懸念《けねん》する人間に雇《やと》われた、番犬のようなもの」

「…」

「だけどとてもしたたかな番犬で、与えられる餌《えさ》だけでは満足しない。檻《おり》の中の羊を見張っていろと命じられたけど、自分のものにしたいと狙って…実行した」

知春は声を絞り出す。渇《かわ》きすぎて、喉《のど》が張り付いてしまったように声が出ない。

「もし…昴の言ったことが本当で、俺にとって日野先生は警戒すべき人物だったのなら、昴はどうしてそれをもっと早く言わなかったんだ？　以前からの知りあいで、日野先生がどんな人物なのか昴は誰よりも知っていたんだろう？」

「あの人を知っていたけど…！　そんな人間だったなんて知らなかったよ！　俺だって、今日初めて知ったんだ。日野先生は、ハルに自分の話しした？」

「話すも話さないも…日野先生にとって俺は、ただの一生徒に過ぎないだろ…」

「先生と寝たのに？」

「寝たとしても、それで相手の特別になれるわけじゃない。ただ関係を結んだ事実だけ」

間違っていないのに、知春は言いながら自分が傷ついているのが判る。

それでも知春は日野と肉体関係があったか否かについては、意図的に明言を避けた。

認めていなければ万が一何か問題が起きても、知らぬ存ぜぬで通せるからだ。

ショックを受けているのは明らかなのに、知春の口調は淡々としていつもと変わらない。

その様子が、かえって心配する昴を苛立《いらだ》たせた。

「じゃあ教えてやるよ、どこで俺がそのことを知ったと思う？　聞いたのは、一番上の姉さん…唯鈴《いすず》姉さんから聞いたんだ」

「昴のお姉さん？」

「そう。唯鈴姉さんと日野先生、大学時代に東京で一緒に暮らしてたんだよ」

「…！　もしかして、お料理が苦手な彼女って…昴のお姉さんのことだったのか？」

「料理？　うん、今でも全く駄目なんじゃないかな。昼間、日野先生が高校の先生やってるって話を姉さんにしたら、東京でお給料のいい会社に勤めていたのに急に仕事辞《や》めてこっちへ来た理由があるはずだって」

「先生の前は会社員だった、とは聞いてたけど」

「日野先生、国家資格の公認会計士の資格持ちだよ。東京の大きい事務所に勤めてたんだから。資格取るの物凄い大変だったはずだし、だから尚更ずっと東京にいるって話をしてたはずなのにおかしい、って。姉さんが気にして調べてくれたんだ。そしたら…」

昴は知春を見つめたまま一度言葉を切り、小さく吸い込んでからゆっくりと続けた。

「…ハルのことを嗅《か》ぎまわってるって」

「何のために俺を…」

「半年前、ご当主が倒れたから。ハルは知らされてなかったみたいだけど、その時ご当主は一時危篤《きとく》状態になって、本当に危なかったって。幸い持ち直したけど、今でもご様子が安定しないのは続いてる。…先生が来たのは、それからすぐだよ」

「半年前…」

「同棲していた時も日野先生、人前では優しい人だったんだって。だけど二人きりになると人が変わったように大きい声で、暴力的になることもあったって。…それで別れたって」

「…」

「ハルが吉松の家を継ぐつもりがないのは、判る。でもご当主にとってハルは唯一の男子だ。吉松の当主は男子と決まっているから、ご当主はハルに継いで貰いたいと思ってる。ご当主はどうしても息子が欲しかったから、三度も結婚したんじゃないか」

そして生まれたのは全て娘達だった。吉松は外に何人か面倒を見ていた女性がいたが、その間にもうけた子供も娘しかいない。

だから知春を身籠《みご》もった時に、母親は吉松の実娘達に屈辱的な仕打ちまで受けている。見かねて吉松が庇《かば》うからさらに嫌がらせが過熱する悪循環だった。

それでも母親は、知春を産んでいる。何故そこまでして自分を産んだのかは、知春は訊けないままだ。

「ハルがどうしようもないくらい残念な子供だったらよかったのに、むしろその逆。成績優秀だし顔もいいし、性格も強くて優しい。ご当主にとって、自慢の息子。…よく思わない大人がいるのは、俺にだって簡単に想像つくよ。日野先生があの高校へ来たのも裏で手が回ったのかもね。吉松は地元でも影響力のある一族だから、就職させるのなんか簡単だ」

「…」

日野が自分の周囲を嗅ぎまわっていたとしたら、夜に街を歩く知春のことを知っていたのは当然だ。それを盾に愛人関係を持ちかけたのも、後で有利に使えるカードとしてのことかもしれない。

…たとえば日野の部屋で行為に及んでいるところを録画しておけば、脅迫という名の交渉に使えるだろう。知春は開き直って拒んでも、息子が可愛い吉松なら言われるままの金額で口止め料を払いかねない。子煩悩《こぼんのう》な吉松を知っている知春には、容易に想像出来てしまう。

知春は夜空を仰ぐように上を向き、深く…深く溜息《ためいき》を吐き出した。

所詮《しょせん》自分は妾腹《しょうふく》の子だ。そう扱われても、仕方がないのだろう。

「…判った、昴。気をつけるようにする」

「そうして、ハル」

「昴。もうひとつ、訊いてもいいか。どうしてそのことを、俺に教えてくれたんだ？」

静かな知春の言葉に、昴は驚きに一瞬目を見張ると小さく息を吸い込んだ。

「好きだからに、決まってるだろ…⁉　嫌な思いさせたくないから、言うしかないだろ…！

恥ずかしいからこんなこと言わせるな、バカハル！」

「ごめん…」

素直に詫《わ》びた知春へ、昴は両腕を組んだままフン、とわざと行儀悪く鼻を鳴らす。

「謝らなかったら殴ってるトコだからな。週末のこと、また連絡する」

「…判った、頼む」

知春は平静を装って、それだけを言うのが精一杯だった。

昴は、嘘をついていない。…少なくとも、告げられた忠告の中に真実が混ざっている。何故なら昴は小さい頃から嘘をつくと、独特の仕種《しぐさ》をする癖があるからだ。

…話をしている間、その癖は出ていなかった。

「もし本当に理由があって俺に近付いたのなら、そのうち判るだろ」

そう思う以外、知春にはどうしようもない。

「むしろ理由があったから俺に近付いたんだ、って考えるほうが腑《ふ》に落ちるし」

昴と別れた知春は今夜はとても外を歩く気にならず、そのまま真っ直ぐ帰宅していた。昴の姉が約束の少女の可能性が出て来たことも、やめた理由の一つになっている。

家で食事をして布団に入ってみたものの当然寝付けなくて、携帯にダウンロードしたアプリゲームもすぐに飽きてしまい、結局起き出して机で問題集を開いてみたが今度はいつも解ける問題まで判らなくて手が止まってしまっていた。

「日野先生が…俺を」

考えるのは日野のことばかりだ。

人懐こく笑い、よく面倒を見てくれた。それが誠意からではなく、他の目的があったとしても日野は優しく親切だった。

「日野先生にして貰ったことばかりで、俺は何一つ、失ってない。…セックスだって」

もしかしたら日野の暮らすあの離れは、最初から知春を呼ぶために借りた部屋だったのかも知れない。そう考えれば、最低限の家具しかないのも納得出来る。

学校へ着てきているスーツやワイシャツだって、クリーニングに出しているはずだ。

だがそれらしいものが部屋にかけられていたこともない。綺麗好きにしても、あまりに物がなさ過ぎる部屋だった。

「…っ」

日野の部屋のことを考えていたら、下半身が疼《うず》いて自身に熱が集まってきてしまう。

部屋とセットで自動的に思い浮かんでしまうのは、彼との行為だった。

「…彼の部屋でしたんだから、当たり前か」

日野と、あんなことになるとは思いもよらなかった。

どうなるのか判っていて、彼の提案に応じて体を任せたのは自分だ。

その後も、また彼に抱かれるかも知れないと覚悟しながら日野の部屋を訪れている。

「違う…最初は、先生の部屋であまりに気持ちよく熟睡出来たから、だから…」

彼の部屋の寝心地のよさは、自分の家であるこの部屋の比ではなかった。

日野の部屋のほうが、自分の寝室のようだった。

雨が降っているよう聞こえる裏の竹林の葉擦れの音が、子守歌になっていた。

「最初はたしかに、ぐっすり眠りたいのもあっ…」

これまでのことを思い出し、知春は自分に呆《あき》れて言葉途中で頭を抱えた。

『…抱いて欲しくて、言われるままに従ってしまう』

昴の忠告も、あまりにその通りの気持ちだったから逆に笑ってしまいそうになる。

「ぐっすり眠りたいなんて、そんなの先生の所へ行くいい訳だ」

今夜だって呼ばれていたら、日野の元へ出かけていたはずだ。

知春は熱を持ち始めている自身を、パジャマ越しで触れて確認する。

「…くそ、なんでこんな時なのに」

忌忌《いまいま》しさと恥ずかしさにわざと舌打ちした知春は自分自身を小さく罵《ののし》り、机のライトをそのままにベッドへ体を投げ出すように腰かけてパジャマの中へ手を滑り込ませた。

「んっ…」

日野に抱かれる以前から、知春は年齢の割にはこちらのことに関しては比較的淡泊なほうだった。他の友人達が話すように毎日自慰《じい》をしたいと思うほど体が反応しないし、衝動的に女性と性行為をしたいとも思わないのだ。…そのことについても若干思うことがあったが、これは相手がいなければ確認しようがない。

これまでひとりで自分を慰める時は、対象物を決めることなくぼんやりとしたイメージで機械的に近い感覚で処理していた。

「…日野、先生」

だが日野に教わってしまってから、知春の自慰は変貌《へんぼう》している。

目を閉じると浮かぶのは、日野だった。繰り返し重ねられる口づけと、まるで自分が猫になったように飽きることなく優しく撫《な》でられる彼の手、そして指が知春の理性を蕩《と》かして心まで裸にさせる。指だけであんなに感じることも、知春は初めて知った。

欲望のまま女性を抱くように知春を支配するのではなく、男同士ならではの快楽の追いかたを日野は教えてくれた。

知春に出来る限り負担がかからないよう、気遣われていたのを知っている。

それがなんとなくくすぐったくて、知春は嬉しかった。

「…っ」

だから漠然《ばくぜん》としたイメージで女性を考えて処理しようとしても、体がまるで反応しない。

「日野、せんせ…」

なのに日野の名前を呟いただけで、慰めている自身が強く脈打つのが判る。

「どうして、俺…」

知春は日野を想って反応した自分が急に恥ずかしくなり、上掛けを頭から被ってベッドの中へ潜り込んだ。

『光岡…』

上掛けの中で目を閉じると、あの時に自分を呼んだ熱っぽい日野の声が聞こえてしまう。

「…っ」

日野は本当に自分を裏切っているのだろうか。そんな思いが過《よぎ》るのと同時に、すぐに強い否定が、浮かんだ疑問を白く塗り潰《つぶ》した。

「…最初から、裏切るもなにもないだろ」

昴の話は、日野にとって自分が価値がないと言われたに等しい。

だからショックだったし、本当にそうなのだと肯定してしまう自分もいた。

自分はまだ力のない子供で、日野と同じ男だ。

そんな自分に何の理由もなく大人の日野が接近してきたことをまず疑うべきで、裏切られたと思うのは相手にそんな隙《すき》を見せた自分の愚《おろ》かさの責任転嫁《せきにんてんか》に過ぎない。

「…そうか、俺」

何も期待していなかったと言えば嘘《うそ》で、かといって聞き分けのいい子供になるつもりも知春はなかった。

もし本当に日野が自分を利用しようとしているのだとしたら、やっぱりそうだったのかという気持ちよりも…ただ素直に悲しい気持ちが募る。

日野と一緒に夜の土手を歩くのは、愉しかった。

少女との約束はもう、果たされることがないのではないかという諦《あきら》めと寂しさを日野は忘れさせてくれた。

日野のことを想うと、胸が締めつけられるように苦しくなる。

何故か自分が幼くなって迷子になったような気持ちになって、不安で途方に暮れて泣き出しそうな気持ちになって落ち着かない。

こんな気持ちをなんというのか、知っている。

教室を抜け出した自分が初冬の空を見上げながらも朧気《おぼろげ》に自覚しつつあった、知春がこれまで誰にも真剣に向けたことのない、特別な感情だ。

「俺、いつからなんだろう…」

自分のことなのに、判らない。判らないのに、想いだけはいつの間にか生まれていた。

知春は自分の考えから逃げるように理性と羞恥《しゅうち》の抵抗をねじ伏せ、日野にされたように自身を追いたてていく。

「先生、先生…」

瞼《まぶた》の奥が明滅して、そろそろ限界が近いことを知春に教えていた。

「んっ…」

このまま今ある不安を絶頂のうねりで押し流してしまおうと、知春は奥歯を噛《か》み締める。

だが、達しようとしたその瞬間。

枕元に放り投げたままだった知春のスマホが、着信を知らせて鳴り響く。

「…⁉　あっ…！」

思わず摑んだスマホの画面で日野だと判った途端、知春は感じて達してしまう。

「…なんで」

あまりのタイミングの悪さに半ば自己嫌悪《じこけんお》で小さく毒づいてから、知春は絶頂の余韻《よいん》で指先に痺れを残したまま受信ボタンのスイッチを押した。

「…はい」

『光岡？』

「そうですよ、なんですか酔っ払いさん」

そんなつもりはないのに不機嫌そうな口調になってしまうのは、自分が今していたことへの後ろめたさ以外にない。だが言われた日野のほうは笑い、気にしていないようだった。

自分が今何をしていたかなんて日野が判るはずがないのに、恥ずかしくてたまらない。

『明日も学校があるのに、そんなに飲めるわけないだろ…。今何処《どこ》にいるんだ？　外なら』

「…すみません、今日はもう家に戻ってます」

『んー…そうか。まだ外なら、酔い醒《ざ》ましに一緒に歩こうと思ったのに。残念』

「いいですよ、行きましょうか？」

通話越しの日野の声が耳にくすぐったくて、そんな言葉が自然に口をついて出てしまう。

『いや、わざわざ出てこなくていいよ。…部屋にいたのに悪かったな』

今日送られてきた画像ではかなり飲んでいるような印象だったが、日野の口調はしっかりしていて普段と変わらない。ただ雰囲気が少し柔らかで、朗《ほが》らかだ。

「どうせ眠れないから、大丈夫です」

こうして日野の声を聞くと、知春は改めて自覚する。

日野に惹《ひ》かれている、自分がいる。どうしようもないくらい、惹かれていた。

『早めに家に帰った時くらい、少しは眠れたらいいのにな』

「…先生」

『ん？』

だけどはっきり判っているのは、日野に抱かれたから彼を好きになったわけではない。

一度抱かれただけで簡単に相手を好きになれるほど、知春は子供ではなかった。

「もし、俺が…先生に抱かれるの、辛《つら》いって言ったら。先生は俺と、しないですか？」

『…やっぱり、辛かったのか？』

ほら、こんな時ですら日野は知春を気遣う。何故と訊いて、知春を追い詰めたりしない。

「違います…ただ」

『…』

辛いのは、自分の気持ちを自覚してしまったからだ。

「ただ胸が苦しくて、辛い…んです。今までこんなことなかったのに、先生のことを考えるとせつなくなってたまらない。これまでどうやって息をしていたのか、判らなくなってる」

なのに、日野に触れたくて抱き締められたくて体が疼《うず》いてしまう。

『…光岡』

「俺は、どうやったら先生と逢《あ》う前みたいに息が出来る？」

日野を想いながら自分を慰めて判った。教えてくれた快楽への要求と従属《じゅうぞく》だけではなく、彼に対する自分の欲望が生まれている。

通話の向こうで、話を聞いていた日野が大きな溜息をついた気配があった。

そしてすぐにチュッ、と知春を慰めるような優しいキスの音が続く。

リアルにキスをされたみたいで、知春はスマホを耳にあてていた側の頬を自分で触った。

『光岡が苦しいなら、少し距離を置こう。…でもきっと、距離を置いてもお前のその息苦しさは、収まらないと思う』

「先生…」

『…光岡。「どうして俺なんですか？」ってもう一度、俺に訊け。そしたら息苦しい半分が、きっと楽になる』

知春はスマホを握り締めたまま、力なく首を振る。

「…もう、訊けません。俺は怖くて、訊けない。だから先生も言わないで」

『光岡』

「お願いです、先生。俺は聞きたくない」

昴の言っていることが本当なら、自分が訊いてしまったら答えが出てしまう。

そしたらこの関係は終わってしまうのだ、多分。

今の知春には、自分から終わらせる勇気がどうしても出せなかった。

『でも俺は、お前を抱き締めたいよ光岡。それが今の光岡を苦しめてしまっていても、俺は謝らない』

「先…」

日野は穏やかな口調のまま繰り返す。

『俺は謝らないよ、光岡。…だから光岡、もう耐えられないって思ったら、いつでもいいから俺の所へ来い。そしたら今度こそ、俺なしではいられないくらいにしてやるから』

本当はもう、日野なしではいられなくなっている。

でも今の知春には、それを告げることが出来なかった。

「やっぱり酔っ払ってますね、先生」

『お前にな』

「…。先生、もう一つお願いしてもいいですか」

『いいよ』

知春は一瞬躊躇《ためら》い、そして震えそうな声で続けた。

「一度だけでいいです。俺の、下の名前呼んで下さい」

『下の名前？　ハル君？　ハル…知春？　…知春』

「…っ」

日野は優しく、もう一度繰り返す。

『知春…』

耳元で囁《ささや》くようなその呼びかけに、泡立つような痺れが知春の背中を這《は》い上がる。

「ありがとうございます、先生」

『どういたしまして。いつ来ても疚《やま》しいことしてない証拠に、寝室の窓は開けておくから』

「…おやすみなさい」

知春はその痺れに震えそうになる声を抑え、それだけを言って通話を終わらせる。

…週末に昴の姉と会うかもしれないことを、知春は日野に言えなかった。


もし日野が隠し事をしていたとしても、そのことを知らなかったら彼に裏の顔があるなど

想像もつかなかっただろう。

人には大なり小なり…自分も含めて某《なにがし》かの『秘密』があり、第三者に知られないから秘密として成立しているのだと知っている。それが悪だと思わず、理解出来る年齢《ねんれい》だった。

授業中の日野は知春に声をかける以前から変わらない態度でいたし、あの電話以降もそれは変わらない。他の生徒と同じように接し、授業中もよく笑う。

「…」

日野の持つ『秘密』のひとつでもある知春本人でも信じ難いと思うのだから、彼が本当に隠しておきたいことがあったらそれが露呈《ろてい》することはあり得ないだろう。

もしこの教室の中に自分と同じことを日野とした者がいても、知春には判らない。

それほど彼は完璧《かんぺき》に高校教師としてのスタイルを崩すことはなかった。

…あの日夜以来、日野からの電話は来ない。そして知春も自分からかけていない。

同じように彼からの夜の呼び出しもないまま昴の姉、唯鈴が帰省予定の週末になった。

「…えっ、それで大丈夫だったのか？」

午前で授業を終えた土曜日、それぞれが帰り仕度を始めている中にその声が響く。

「？　何」

「ほら、この頃ひったくりがあるって話あっただろう？　この間兄貴の会社の同僚が鞄《かばん》取られそうになって、犯人を撃退したって」

「犯人の顔とか見たのか？」

「いや複数で、そのうちの一人は背の高い若い男だ、くらいしか判らなかったって。ハルの塾って○○駅だろう？　その駅だったらしいから、ハルも塾の帰りに気をつけろよ」

「そうする、ありがとう。…それにしてもひったくり事件、なんか多くないか？」

知春の言葉に、友人達はそれぞれ同意して頷いた。

「半年ぐらい前からだろ、急に増えたの。再開発計画で駅前にマンションが建って新しい人が入ってくる分、街は活性化するけど多少治安が悪くなるのはしようがないのかも」

「半年前…」

そう言われれば、日野がこの街へ来たのも半年前だ。

何でも日野と結びつけてしまいそうになっている自分に、知春は自嘲《じちょう》気味に笑う。

「…まさか、さすがにそれは」

日野とひったくりに関係があると考えるほうがどうかしている。

知春は自分に小さくそう言い聞かせると、友人達と下校するために鞄を摑んだ。


昴の姉が帰郷するのは夜になるという。知春は待ち合わせの時間に合わせるため、塾の授業を途中で早退しその場所で待っていた。

場所はあの約束の森林公園の入り口。

「姉さんが、確認したいからオルゴールも持ってきてくれないかって」

昴からの伝言に、今夜は約束のオルゴールも持参している。このオルゴールを自分の部屋から外へ持ち出すのは、初めてだった。

大まかな約束の時間までにはまだ余裕がある。知春はPコートのポケットに両手を突っ込み、待ち合わせの場所のベンチに行儀悪く足を投げ出すように寄りかかって座りながら、そろそろ冬の星座に場面が変わりつつある夜空を見上げていた。

「…変なの」

十年以上も前から切望した約束がもしかしたら今夜果たされるかも知れないのに、日野のことばかり考えている。

「もし、昴のお姉さんがあの女の子だとしたら」

会って、そして何を話すつもりだったのか知春は自分で判らなくなっていた。

「…『ただ会いたい』ってそればかり思い込んでいたから、会った時のことまで考えていなかったんだな。それより…」

日野に逢いたい。

そんな言葉が唇から零れ落ちそうで、白くなりそうな息を吐き出しながら空を見上げる。

「…」

最初に日野の部屋を訪れた時も、こんなふうに天井を見上げたのを憶《おぼ》えている。

「あー…駄目だ、俺。全部、あの人に繋げてる。『それより…』だって」

約束の少女よりも、日野のことを優先しようとしている自分が滑稽《こっけい》でそして。

「やっぱり変だよな。逢わないって先生に言ったのは俺からなのに。…自分で言っておきながら、逢いたくてたまらないなんて」

日野は、これからどうするのだろう。昴の言うとおり何か意図があっての接触であれば、向こうから再びアクションがあるかもしれないが。

「…俺が利用出来るなら、すればいいのに。家族やお父さんに迷惑がかからなければ、俺は何されてもいいのに」

だって日野は一時でも、安心してぐっすり眠れる場所を自分に提供してくれた。

約束の少女に会って確かめたいと思っていたことの…半分を、確認させてくれている。

日野がいてくれたから、もし今日の約束が永遠に来ることがなかったのだとしてもきっと大丈夫だったはずだ。

「だからかなあ」

少女には、会いたい。だけど日野への気持ちが大きくなってしまった今、以前のように自分の何かを支えている存在としては希薄《きはく》になってしまっている。川の水が岩を浸食《しんしょく》していくように、時間が約束を痩《や》せ細らせてしまったようだった。

「…あの子に会えば、気持ちの整理は出来る」

夜に外を歩き回る理由が、なくなってしまうけれど。

オルゴールを傍《かたわ》らに置き、そんなことを考えながらぼんやりと夜空を見上げていると、上着のポケットに入れていた知春のスマホに昴からメールが届く。

内容は唯鈴が乗る予定だった電車に間に合わず、今夜は会えない旨《むね》の連絡だった。

「えっ…マジか」

来られないなら仕方がない。

知春は承諾の返信をしてから、ふと東京からここまでどのくらい時間がかかるのか興味がわいて路線《ろせん》検索をするためにアプリのサイトを開く。その中で以前、知春のスマホを友人達に勝手にいじられた時に設定されたままになっている地域ニュースが飛び込んでくる。

「…」

ひったくり多発についての注意喚起《かんき》の文字と共に書かれていた記事には、今週も数件発生していた事件と共にこれまでの時間軸での経緯も書かれていた。

事件は日付や曜日はバラバラで、週が空いている時もあれば同じ週に何度も起きている時もある。発生しているのは、いつも警察で強化している巡廻《じゅんかい》をかいくぐってのことだ。

そんな理由から、どこかで警察の巡回の予定が情報漏洩《リーク》されているのでは？　とまで書かれている。

「これは…偶然か？」

事件発生の記事を読んだ知春は、自分のカレンダーをタップして開く。

日野に呼び出されての逢瀬《おうせ》を逐一記録してはいないが、塾でのテストや模擬試験などの予定と前後していることもあってなんとなく漠然と憶えている。

「…」

厳密に正確なわけではないが、日野が知春を呼び出していた夜に事件は発生していない。

「…というより、逢ってない時に事件が起きてる？」

週に何度も、毎日というほどは日野と逢っていない。確率で考えても、偶然以上の数字は出てこない範囲のような気もするが。

『明日も早く帰れよ』

今週も日野が駄目だと言っていた曜日に、友人の口から事件の話を聞いた。

「まさかね」

本当にまさかだ。

知春はつまらない自分の考えを払うように立ち上がり、オルゴールを鞄に入れた。

「…会えなくてほっとしてるのも、変な気分だな」

このまま一瞬日野の所へ寄ろうかという思いが脳裏を過る。

「彼女と会えなかったから慰めて貰おうなんて、さすがに図々し過ぎるだろ」

自責の念からそう呟いた知春は、待ち合わせのベンチを振り返ることなく駅に向かう。

…その後ろを足音もなく近付いていた複数の人影があることを、知春は気付かなかった。


ひったくりは駅前で多発していると聞いていたし、森林公園から駅へ向かう橋は比較的大きくてこの時間帯ならまだ人通りもあり、車も多く行き交っている。

だからまさかそんな場所でひったくりに遭うとは、知春は思ってもみなかった。

「…うわ⁉」

歩きながら聴いていた携帯の音楽プレイヤーを操作しようと、鞄へ手を遣《や》ったその時、知春は突然背後から強く体当たりされるように突き飛ばされた。

音楽を聴いていたので反応が遅くなり、よろめいてアスファルトに手をつくよりも早く肩にかけていた鞄を奪われてしまう。

ひったくりのメンバーは複数だった。皆、黒ずくめの格好をしている。

「…おい！」

財布や定期券よりも、鞄の中にはあのオルゴールがある。奪われまいと腕をのばしたが、ぎりぎり間に合わずに一人の男の左手にひっかき傷を作っただけになってしまう。

「待て！」

近くにいて目撃したらしい女性の悲鳴を聞きながら、知春は犯人達の後を追った。

橋を過ぎ、繁華街へ入ると同時にメンバー達は三々五々に散って走っていく。知春は鞄を持っていたフルヘルメットの男だけを追うが、男は走りながら奪った知春の鞄の中から何かを掴み出すと鞄を途中で投げ捨ててしまう。

「⁉」

男が鞄から抜き出したのは、あのオルゴールだった。

知春は慌てて投げ捨てられた鞄を拾うが、その間に男の姿はホテル街へと紛れていた。

「なんで…あれを⁉　金目の物と間違えたのか？」

犯人の行動に混乱しながらも、逃げるならおそらくホテル街の脇道を使って最短距離で駅へ向かうだろうと予測し、鞄を奪った長身の人影がないか急ぎ足でいくつかの脇道を覗く。

「何の音…？」

短く、耳障りな鈍い音が脇道の一つで響いた。知春は、音が聞こえた道に入る。すぐに、比較的大きなその脇道で男が被っていたのと同じヘルメットが知春の足元へ転がった。

犯人の指紋があるかも知れないとヘルメットには手を触れず、先の通りへと顔を上げた知春はそこにあった姿に息を飲む。

「この道を…あ…!?」

「…」

建物の陰に隠れるようにして立っていたのは、日野だった。犯人と同じ、黒ずくめの格好をしている。

右手で左の甲を隠すようにして、その手には見覚えのあるオルゴールを手にしていた。

「日野先生…!? どうして先生が…いや、なんで先生がそれを持っているんですか？」

「光岡…」

指摘され、日野はちらりと胸の高さまで上げていた手元を軽く見遣《みや》る。

その右手の指の間から、血が滲《にじ》んで伝っていた。知春が犯人に負わせた怪我は、血が伝うほどのものではない。…だが。

「…もしかして、先生がひったくりの犯人なんですか？」

まさかと思いながらも、そんな言葉が口をついて出てしまう。

「…」

「答えて下さい、先生…！」

知春の声は、殆ど悲鳴のような叫びだった。

だが日野のほうは、動揺《どうよう》している様子もない。

「…光岡、このオルゴールは俺のものだ」

「…！　嘘だ！」

思わず出てしまった言葉に、日野は顎《あご》を反《そ》らせた。

「本当ですー。それともこれに、光岡は名前でも書いていたのか？」

それは明らかに嘘だと判る言葉だ。オルゴール自体はハンドメイドではあるがおそらく市販のものであり、時間はかかるかも知れないが同じ物を探し出せる可能性はある。

だけどこのタイミングで全く同じものがこの場に二つあるとは、到底考えられない。

「俺のです！　さっき奪われて、犯人を追いかけて来たんです！」

「ふーん」

日野の言葉はまるで興味がない様子が伝わるような、知春への相槌程度のものだった。

「日野先生、お願いです。それを返して下さい。そのオルゴールは、俺が捜している女の子の…唯一の手がかりなんです」

「うーん。…駄目」

「先生…！」

「だって俺のだから、光岡に返す理由がない」

「違います、俺のです！　それは女の子から貰った、ただのオルゴールで先生が欲しがるようなものではありません。どうしてひったくりがそれだけ持って逃げたのか、判らない。本当に、何の価値もないんです。お願いです、先生…」

そう言って光岡は頭を下げる。

だが日野はそんな光岡を冷ややかなまなざしで見つめるばかりだった。

「…さすがに嫉妬《やけ》るな、これは」

「え？」

「光岡はその女の子のためなら頭を下げるんだな。俺には頭を下げずに、体を任せたのに」

「それは…」

日野は手にしていたオルゴールをちらりと見、改めて知春を見つめる。

「光岡、悪いことは言わないから、このオルゴールのことは忘れろ。これ以上不本意なトラブルに巻き込まれたくないなら。お前がこれを持っていても、約束の女の子とは会えない」

「先生…？」

何故そんなことを突然言い出すのかと日野を見つめる知春の耳に、人の声と足音が聞こえて来た。

「こっちです、男の子が…！」

「あ…」

通りへと振り返ると、橋で見かけた会社員風の中年の女性と警察官だった。すぐに複数のパトカーが鳴らす騒がしいサイレンの音も続く。

「君、大丈夫か⁉　怪我をしてるね？」

どうやらひったくりの現場を目撃した女性が通報してくれたようだ。

「…」

「あなたもすみません、ちょっとお話を伺えますか？」

パトカーの到着に、通行人達が集まってくる。騒ぎから立ち去ろうとした日野を、警察官は軽く手を上げて止めた。口調は丁寧だが、警察官の全身には緊張がある。

「手当をするから、君はこっちへ」

日野はパトカーから降りてきた警察官達に囲まれ、転んだ時に怪我をしていた知春もまた別の警察官に付き添われ、場所を移す。

通報した女性の証言から知春はひったくりの被害者と判り、人が多く集まりすぎたためにこの場から離れる理由もかねて、念のため救急車が呼ばれて病院へと向かい手当を受けた。

すぐに病院へやって来た刑事に詳しい事情の説明をし、連絡を受けた祖父母が迎えに来たことで知春はそのまま家へ帰された。

…知春は、奪われたオルゴールを日野が持ち去ったことは言わなかった。

日野とは結局ホテル街で別れたままになってしまったので、彼があの後どうなったのかは判らなかった。犯人が捕まれば警察からすぐに自宅に連絡があるはずだが、対応の窓口は知春の保護者の祖父母になる。

自宅に戻った時にはすでに日付が変わっていたので、知春はそのまま部屋で休むように言われ、そして当分の間塾が終わったら真っ直ぐ帰宅するように祖父から命じられた。

知春には大変不本意であるが、軽症であっても怪我をしてしまったこともあり、祖父母に心配をかけないためにも従うしかないだろう。

夜の散歩は諦《あきら》める…にしても、これでは夜に日野の元へ行くことが出来ない。

「…」

それよりも何故、日野は…ひったくりの犯人もそうだが、あのオルゴールを欲しがったのか。何度考えても、少女から譲り受けた持ち主本人の知春には判らなかった。

「…判っているのは」

日野があのオルゴールを持っていて、何か少女について事情を知っているらしいこと。

訊いて事情を教えてくれなくても、知春はオルゴールを返して貰いたかった。

このまま日野と何の関係もなくなってしまったら、また心の支えを失ってしまう。

そう思うと、いてもたってもいられなかった。

知春は上着を摑み、祖父がまだ起きているはずのリビングへ向かう。

「お祖父ちゃん、ちょっと日野先生の所へ行ってくる」

「こんな時間に坂上《さかうえ》の所へ？　何かあったのか？」

知春は首を振り、上着を羽織《はお》る。

「今日の事件の現場に、日野先生がいたんだ。それでどうしても訊きたいことがあって」

「だが…お前、怪我も」

「俺の怪我も本当は病院へ行くほどでもない程度だよ。…どうしても、今夜中に知りたいんだ。先生に迷惑かけないようにするから。それとお祖母ちゃんには秘密にして」

どこか切羽詰まったようにも見える知春の様子に、光岡は溜息をつく。

知春の部屋なら、外出しようと思えば黙って出かけることも可能だ。言えば止められると判っていてもこうして外出を告げるのは、知春なりの気遣いと決意だと判る。

「遅いから、車で送っていこう」

「一人で大丈夫。あ、携帯は持つよ」

「…そうか、なら」

「？」

光岡は一つだけ約束させてから知春を送り出した。

「…来るとは思ったが、こんなに早く行動するとは意外だったな」

本当に久し振りに離れへ訪れた知春へ、玄関を開けた日野はしみじみ呟いた。

ドアノブに触れている左手は、包帯が巻かれている。

彼の足元には、猫のナツもお出迎えして顔を覗かせていた。

日野もまだ帰宅して間もないのか、ホテル街で会った時の格好のままだ。

「俺も、もしかしたら先生はまだ警察かも知れないと、思ってました」

「それで俺がいなかったらどうするつもりだったんだ？」

日野はドアを広く開けて、知春を中へと招き入れた。

以前と変わらないそっけない室内なのに、何故かほっと安堵《あんど》の溜息が出る。

「もしいなかったら…先生が帰ってくるまで、玄関で待つつもりでした」

「犯人グループ、主犯格の男を除いて全員捕まったみたいだな。…光岡の疑惑のとおりなら、
俺は当分帰って来られないいんじゃないか？」

日野の茶化《ちゃか》す言葉に、知春は首を振った。犯人を追及するために来たわけではない。

「先生、お願いです。オルゴールを返して下さい」

「…」

「お金が必要なら…まとまったお金はすぐには無理だけど、バイトして払います」

「平日の殆どを塾通いのお前じゃ、バイトは無理だろう…。成績落ちるぞ」

「俺には必要なものなんです。…それだけの価値があるか判らないけど、俺、でよければ何年でも、先生が飽きるまで好きにしてくれてもかまわないです」

「『俺の体でよければ』って言わないところが、光岡の謙虚《けんきょ》な部分だよなー」

「オルゴールも、同じものでなければいけないのなら、時間がかかっても必ず探します」

「俺の言葉は無視《スルー》か」

「…今、先生の言葉を躱《かわ》す余裕、俺ないです。あれは女の子から貰ったものだけど、預かっているようなものなんです。もしいつか会えて返してと言われたら、返すしかない。だから先生…お願いします。返して下さい」

そう言って知春はまた深く、日野の前で頭を下げた。

日野はそんな知春の姿に険《けわ》しそうに眉を寄せていたが、やがて溜息を吐く。

「…光岡は、いつもそうなんだな」

「え?」

「いつもいつもそうやって、自分を我慢してしまうんだな、って言ったんだ。相当辛抱強い気性なのは知っていたが、ここまでとは。俺があのオルゴールを譲渡するかわりに、飽きるまで性の奴隷になれって言ったら、本気でなるつもりでいるのか?」

わざと意地悪な単語を使う日野に、知春は動じない。

「…それで、あのオルゴールが戻ってくるなら」

真剣なまなざしで見上げてくる知春に、日野は首の後ろへと自分の手をやった。

「うーん…参ったな。これは、若いから言える言葉か。俺から見れば、あれにそれほどの価値があるとは思えないんだがな」

「先生」

「そして光岡はいい奴だなあ。絶対に俺を責めないんだな」

「責める？」

「『あんなオルゴール、この部屋で見たことありません』って、言わないんだなって」

「それは…」

「オルゴール、いつも鞄に入れているのか？」

「いえ…いいえ。今夜初めて部屋から持ち出したんです」

知春はそう言って、今夜昴の姉と待ち合わせしていたことを説明した。

日野へ話をしながら知春はふと、思い至る。

以前知春の部屋へ日野が訪れた時、オルゴールは机の上に置かれていた。

もし以前から日野がなんらかの事情で、このオルゴールを手に入れることを考えていたのだとしたらあの時に持ち去ることも可能だったはずだ。

勿論《もちろん》すぐに知春に気付かれて今日のように返してくれとなるだろうが、日野が開き直って自分のだと主張するのであれば日にちが違いこそすれ今の状況と変わらない。

それならあの時に奪っていてもよかったはずだ。

日野は何故、それをしなかったのか。今夜だった、その理由は。

「…それで、待ち合わせの相手が結局来なくて。諦めて帰るところでひったくりに遭ったのか。あ、光岡的には俺に奪われたのか」

話を聞いていた日野は頷き、知春の背後のガラステーブルに置かれていたオルゴールを指差した。

「あ…！」

オルゴールはハンカチの上に置かれていたが、そのハンカチは血で汚れている。

おそらくは怪我をした日野の血だろう。あるいはオルゴールについてしまった血を、そのハンカチで拭《ぬぐ》ったのかも知れない。

「光岡がどうしてもそれが欲しいのなら、それはお前にやる。…だが、今はまだ駄目だ」

「先生…？」

「だが光岡の話で、確信が…」

不意に日野が背後を振り返る。それと同時にドアチャイムが鳴り、リビングでくつろいでいたはずの猫はその音に一瞬でどこかへ隠れてしまう。

日野は知春の腕を摑むと、寝室の襖《ふすま》を開く。

「光岡、話の続きは後で。ちょっとここでじっとしてろよ」

そう言うと日野は襖を閉めてしまった。一体誰が訪れたのだろうか。

「…」

玄関のドアが開けられた音と共に、訪れた人物の声が居間に響く。

「先生、怪我をしたって…！　大丈夫なんですか？」

「昴…？」

聞こえて来たのは、昴の声だった。こんな深夜に彼の母親が外出を許すとはとても思えなくて、知春は真っ暗な寝室の中で息を殺して襖に耳を寄せる。

「見舞いに来た割には手ぶらか。しかもこんな夜中に」

そして昴への日野の口調が、自分の時とは全く違うことに知春は小さく息を飲む。

「それとも…情報が早いのは、別件から？」

「日野先生…あのテーブルのオルゴール、ハルのですか？」

「…！」

「へえ、昴もあれが誰のものか判るのか、やっぱりな」

「やっぱりって何ですか？　俺はハルから聞いたんです。…もしハルのなら、俺に下さい」

「なんでお前にやるんだよ」

「それは日野先生も知ってると思いますけど？　それを持っていたって、先生には利用価値がないのは、先生が一番知ってるじゃないですか」

「だからといって昴にくれてやる義理もないだろ。…光岡が襲われたのは、お前が原因か」

「さあ？　だってハルが悪いんだろ？　全部忘れてるハルが」

「昴」

「あれをください、先生。俺が欲しいのは、あの中味だけです」

「中味？」

「あの中にご当主がハルに渡した『当主の証《あかし》』が入っていると、ハル本人から聞いてます」

「…⁉」

それは知春自身初耳の話だった。

「はあ？　なんだそりゃ」

「惚けないで下さい。それで先生はわざわざ東京から戻って来たことくらい知ってます。ハルは吉松を継ぐ気がないみたいだし、持ってたって無駄なんだから俺が貰います。…俺は、吉松の次期当主になるんだ」

「それを決めるのはご当主と、吉松を守ってる古狸《ふるだぬき》連中だろ。…そんなに昴のお袋がやらかした事業の失敗は大火傷《おおやけど》になっているのか？　お前をけしかけて、あの子から奪うほど」

「…うるさいな。これが出来たら、俺は母さんに認められるんだ。それにやりたくないものを無理にやらせる必要ないでしょ。愛人の子はおとなしく、町の小さな歯医者を継いでりゃいいってだけですよ。あれは俺のものです」

「昴…」

「だって本当でしょう？　…それだけじゃない、ハルは日野先生まで誘惑《ゆうわく》して俺から奪ったじゃないか。やっぱり愛人の子だけはある、ってことでしょ？」

「俺はお前のものだったことなど一度もないし、誘惑された覚えもない。そしてあの子の母親のことを、昴が侮辱《ぶじょく》するのはやめろ」

「あの子⁉　そうやって先生は、いつもハルを庇うからだろ…！　俺は間違ったことなんか言ってない。先生が持っていたのなら幸いだ、あれくださいよ」

「お前…それで今日、わざと光岡を子飼いのチンピラに襲わせたんだな？」

「さっきから何のことか判りません、が？」

「じゃあ何故唯鈴が今夜帰省するなんて嘘を光岡に告げ、わざわざ夜に待ち合わせの約束なんかさせたんだ？　光岡に言ったのか？　唯鈴は結婚していて、今は日本にいないって」

「へえ？　ハルの奴、そんなことまで先生に喋っちゃうんだー。ベッドの中だとそんなにお喋りになるの？　あいつ。先生に突っ込まれてヒーヒー鳴きながら？」

下卑《げび》た言葉で挑発する昴にも、日野は動じない。

「…嘘をついてまで光岡にオルゴールを持ってこさせて、そして奪おうとしたんだな」

怒りを孕《はら》む日野の声と、開き直った様子の昴の声が対照的だった。

「さあね。腹癒《はらい》せかも知れないし、見せしめかも。ハルが少しでも怖がってくれたらよかったのに。先生に怪我をさせるつもりはなかったんですけど…それを取り戻してくれるために先生に怪我させたのは申し訳なかったなあ」

「…っ」

二人のやりとりを聞いていた知春は息を吸い込み、そして自分から襖を開いた。

「今の話は本当なのか、昴」

「ハル…」

「光岡」

「盗み聞きするなんて、ハルらしくないね」

「答えろ、昴。何故俺にそんなことするんだ？　先生に怪我までさせて」

感情をコントロールして声を荒げることのない知春に、昴のほうが耐えられなかった。

「日野先生が怪我をしたのはハルのせいじゃないか…！　忘れてるくせに！」

「忘れてるって…何を…」

昴は自分の胸へと手をあてる。

「約束の少女は俺なのに…！」

「…！」

「思い出してよ、ハル！　だからあのオルゴールを返して！　ハルは要《い》らないんだろう？

ずっと思い出してくれるのを待っていたけど、もう時間がないんだ！　ハルがいらないなら、俺に頂戴《ちょうだい》！　だって元の持ち主は俺なんだから、いいよね？」

「昴が…あの子？」

「そうだよ！　だから…」

必死に知春へ迫る昴との間に、日野が割って入った。

「昴は、あの女の子だったのか？　本当に？」

「そうだよ。ハルは忘れてるけどね。少女だって思い込んでるみたいだから、言わな…」

そんな昴へ、日野はそのままねだるように手を差し出す。

「じゃあ、証拠」

「証拠？　証拠って…そんなの…僕自身の顔が」

「いや、物的証拠。お前が本当にあの時の少女なら、約束の証として鍵を持ってるはずだ。

お前が本物だと言うなら鍵を示してみろ。そうしたらこのオルゴールはお前のものだ」

「それは…鍵って…？　そんなの…」

日野の指摘に、昴は一瞬で顔色を変えた。

その様子から昴の今の言葉は虚言《きょげん》だと、この場にいる二人に教えてしまっている。

「…」

知春は明らかに狼狽《うろた》え出した昴よりも、驚きで日野を見つめた。

日野は知春と目が合うと、オルゴールを指差す。

「光岡、この箱を開けたことはあるか？」

問われ、知春は首を振る。

「いえ、いいえ。俺は女の子から受け取ったままです。鍵を持っていません」

「昴の言う『当主の証』とやらは？」

「開けたことがないから、入ってません。それ以前に…俺はお父さんからそんなもの預かっていない、と続けようとした知春を日野はやんわりと止める。

「昴…いくらお前が光岡を蔑《さげす》んでも何も変わりはしない。オルゴールの中身が欲しかったら知春にそう言えば、こいつなら開けてみせてくれたはずだ」

「…嘘だ！　どうしていつも選ばれるのはハルなんだよ…！　成績だって人望だって！　俺とハルと、どう違うんだよ…！　先生だってそうだろ？　ずっと先生が好きだったのに、先生だってそれを知ってて！　どうして俺じゃ駄目で、ハルならよかったんだよ…！　ハルがご当主の息子だから？　それとも愛人の子で、させてくれると思ったから？」

「…愛人の子、愛人の子って光岡を連呼するが。そんなに愛人の子が魅力的か？　昴」

「だって…！」

さらに言い募ろうとする昴を、日野の声が制した。

「だって、じゃない。光岡の成績がいいのは、それだけ頑張っているからだろう？　人望は個人の性格だろうし、お前の気持ちは知っていたが、応じられなかった。それだけだ。いくら光岡と自分を比較しても相手にはなれないんだから、しても無意味なことを昴は学べ」

「どれだけ学んだって俺はハルになれないんだから、そんなの…」

「俺は昴が羨ましかったよ、昴」

「ハル」

二人の話を聞いていた知春は、静かな声で繰り返す。

「ずっと羨ましかったよ、昴。愛人の子と指差されることなく、俺の存在をよく思わない吉松の大人達に突然ぶたれたり唾《つば》を吐《は》かれたり…親戚のガキ達によってたかって無理矢理裸にされて酷いこともされなかっただろうから。それ見て、昴は笑ってたよな」

「…っ」

「お前…そんなことされてたのか」

眉を寄せる日野へ、知春は今更と肩を竦《すく》める。そして続けた。

「オルゴールも。日野先生の言うとおり、中が見たかったら言ってくれれば見せたよ。…昴の言う『当主の証』はこの中に入ってない。これはお父さんの家とは関係がないものだ。それでも昴が欲しいなら、それやるよ」

知春の言葉に、昴は一瞬で爆発する。

「‼　ハルの…ハルの、そういうところが、大っ嫌いなんだよ！　いつもいつもいつも！

そうやって常に達観《たっかん》して、自分だけは綺麗なふりして！　昔から！」

「やめろ、昴」

叫びながら殴りかかろうとする昴を、日野が寸前で止める。

「…よかった、昴」

「何がよかったんだよ、バカハル！」

「いや『お前が大嫌い』ってところ。そこは俺と同じ意見だから。正確には、嫌いになるほど昴を好きでもなかったから。…俺が嫌いなの、本当に昔から変わってなかったんだな」

半分感心したような知春の口調に、昴の眦《まなじり》がさらにつり上がる。

「…！」

「昴はさ、自分の生まれを悔しく思ったことなんかないだろ？　自分の父親なのに、好きに会いに行けなかったりする気持ち、知らないだろ？」

「知るわけないだろ、そんな…愛人の子供のことなんか！」

「うん、知って欲しくて言ったわけじゃない。でも俺はそう生まれたから、お父さんがどんな人で普段どんなことを考えていて、どんなふうに家を守っているのかも知らないんだ。それなのにあの家を狙ってるとか言われるんだぜ？　…あの人の息子なのに、狙ってるってなんだよって」

知春は改めて顔を上げ、はっきりと告げる。

「俺は物心ついたばかりのガキの頃から昴を知ってる。…約束の少女は、絶対昴じゃない。

そして多分、昴のお姉さんでもない…はずだ」

「…っ」

「だからこの茶番は、もうおしまい。オルゴールの中が見たかったら、日野先生にドライバーでも借りて、今ここで開けてもいい。もし本当に、俺が知らない間に昴の欲しいものが中に入っていたとしたら、欲しいならやるから持っていけよ」

「じゃあ…」

「昴。もし今、光岡にあのオルゴールを開けさせたら。光岡がご当主に黙っていても、俺はご当主にこのことを全て報告するからな」

「先生…！　なんでっ…」

「なんでって…それが俺の役目だからだろ。知らないとは言わせないからな。それ以前に、昴が光岡をチンピラに襲わせたことも報告義務の中に入ってるんだぞ？」

「金を無心《むしん》することしかない、傍流《ぼうりゅう》の親族に金で雇われたスパイのクセにそんな力…」

「表向きはな」

「!?」

日野は溜息をついて玄関を指差す。

「昴…お前、もう帰れ。そしてこれからは自分と光岡を比較しないで、お前にしか出来ないことをしろ。…とりあえず家へ帰って、母親に作戦失敗だって泣いて縋《すが》ってこれからの尻拭いの計画立てたほうがいいと思うが？　…俺がご当主に報告する前に」

「…！」

その言葉に昴が息を吸い込んだ時、日野と昴のスマホがそれぞれ鳴り響いた。

「もしもし、母さんちょっと今…うん」

母親からの連絡に昴は一瞬知春を見遣り、すぐに気まずそうに背中を向ける。

日野のほうはチラと発信者を確認しただけで受信ボタンを押そうとせず、鳴り響くのもかまわないまま再びズボンのポケットにしまってしまう。

「ごめん、ちょっと聞き取れ…え？　ご当主が倒れた⁉」

「…！」

背中を向けていても同じ居間にいて、知春達に聞こえないわけがない。

「…うん、判った。すぐ帰るから」

通話をすぐ終えた昴は、家主の日野へ挨拶もなしにそのまま玄関へ向かう。

そして靴を履《は》きながら忌々しそうに二人へと振り返った。

「…もしご当主がこのまま亡くなったら、ハルを葬式に出られなくしてやる」

「そ…」

知春が何か言おうとするよりも早く、日野が口を開く。

「それが捨て台詞《ぜりふ》なのか？　格好わりー」

「先生も！　言うこと聞いてくれるなら、これから俺が使ってやろうと思っていたのに！ハルの肩を持つなら、先生も死ね！」

昴はそう吐き捨てると、乱暴に玄関の扉を開けて出て行った。

部屋には日野と知春だけが残される。

「先生…お父さんが」

「うん、ちょっと待ってろ」

日野は心配そうな知春を手を上げて落ち着かせると、鳴り続いていたスマホを取った。

「はい、日野です。えぇ同じタイミングで…そうですか、判りました」

そうやって確認だけの短い通話を終えると、すぐに通話を終える。

「ご当主は大丈夫、命に別状はないから安心しろ」

「日野先生？　…でも」

「今の電話は、ご当主の第一秘書からの連絡だから絶対情報。そういう情報が流れるけど心配ないからって、その連絡。光岡がここにいてタイムリーだったな」

「お父さんの第一秘書…？　日野先生のところへどうしてその人から連絡が」

心配はないと言われて安堵の息をつくが、知春は混乱を隠せない。

そんな彼の前で、日野は腕を組みながらストレッチをするように上半身を横に曲げ、わざと大袈裟《おおげさ》に悩んでいる仕種を見せた。

「うーん…昴の言葉で言うと俺はスパイってことになるが…これだと光岡に誤解されたままだしなあ。とりあえず、まず少し整理しよう。何から知りたい？」

日野に訊かれ、知春は真っ先に浮かんだことを口にする。

「オルゴールの、ことを」

「…」

「俺、約束の女の子の話を昴や先生にしても。あのオルゴールには鍵がかかっていて、その鍵は女の子が持っている話は誰にも話してません。それなのにどうして先生は約束の証に鍵が必要だったことを知っているんですか？」

「さすがに聡《さと》いな。…その理由を知りたい？」

「はい」

「…ならおいで、約束の少女に会わせてやる」

「…！」

そう言って日野は知春を連れて外へ出ると、寺の居住区へと向かった。


居住区は寺の裏手にあり同じ敷地内だが、日野の部屋からは少し歩く。

隣を歩きながら無言でいた知春へ、日野が声をかけた。

「…ショックだったか？」

「ショック？」

歩く速度がゆっくりなのは、日野の気遣いだろうか。そう考えながら知春は隣の日野を見つめる。

「？」

「昴のこと」

「あぁ…いえ、正直ショックという気持ちはありません。むしろ…」

知春は一度星が見える夜空を仰ぎ、それから小さく肩を竦めて笑った。

「そうか、やっぱりなって。昴、小さい頃から俺を苛《いじ》めてたから」

「学校では仲よさそうだったじゃないか」

「中学は別だったけど、昴が県外の附属高校の受験に失敗して同じ高校になったからですよ。俺、別にあいつの苛められっ子でもないし、普通に接触してきたら普通に対応します。基本、別のグループでしたよ。昴が俺のこと嫌っていたのは、本当《ホント》だと思います」

「流れるように言ってたよな『バカハル！』って」

「あれ昴の口癖です。…でも俺、昴よりバカだったこと一度もないんですけどね」

そう言って知春は少し得意そうに、もう一度笑う。彼がやっと笑ったことに内心安堵《あんど》しながら、謙虚《けんきょ》だが負けず嫌いの気性が窺《うかが》える知春らしい言葉に日野もつられて笑った。

「そうか」

「それで昴の気が済むなら、言わせておけばいいし。下手に絡まれるより楽ですから」

「お前…意外と大人だな」

「俺を大人にしたのは先生だと思います、けど？」

「光岡」

「…というのは冗談ですが、半分は本当です」

「半分か。まあ嘘じゃないけどな」

日野は再び笑い、そんな彼の笑い声を聞きながら知春は続けた。

よかった、いつもの日野だ。それが伝わってくるだけで、知春は嬉しくなる。

「でも俺、昴にはちょっと感謝してます」

「お前、やっぱりマゾっ気が…」

「違い、ます！　以前、先生と昴とのことを疑ってしまった時。先生の否定の言葉が素直に信じられたのは昴のお陰です。…俺がグラグラしていたのは、本当ですけど」

「どういう意味だ？」

「昴が…『昔からハル《俺》への気持ちを知ってて、どうしてこんなことするんだ』って先生を責めてて。先生が昴を押し倒して嫌がっているように聞こえるんですけど、昴が俺に好意を持っているとは思えないから、先生の否定を聞いて逆の意味だったんだなって」

「逆?」

「あれって言い換えると『昔から俺が知春のこと嫌いなこと知ってて、どうして先生が仲良くしてるんだよ』ってことでしょ。学校では俺達仲良しだから、少なくとも高校以前から昴と先生は顔見知り。でも、昴は妙に先生を意識してた。昴は先生が好きだったからですね」

「…」

「昴のお姉さんと待ち合わせするって話をした時もそうです。どうしてそんなに俺に親身になってくれるのか、正直不思議だったんです」

「光岡のオルゴールを狙っていたからじゃないのか? …そういえばどうして唯鈴が違うって判ってたんだ? 適当?」

「今思うとそれもあると思うんですけど…判ったのは、昴から大学時代、先生とその人が同棲していた話を聞いたからです。先生が言ってた料理の下手な彼女が昴の上のお姉さんだったら、あり得ないので。その彼女は暗いの苦手だったんですよね?」

「そういえばその話、以前光岡にしたな」

「はい。女の子と会っていたのは夜で、公園の薄暗い入り口です。小さい頃から暗いのが苦手な子なら、最初からそんな場所にいるわけない。だから別人だろうって。…でも、もしかしたらって、一縷《いちる》の望みもあったのも本当です」

「初恋かも知れない彼女なら、会いたいだろ」

どうしてなのか目を合わさない日野の隣で、知春は首を振った。

ようやく見えてきた引き戸の玄関はポーチライトで淡く明るく照らされている。

「会って、確かめたいことがあったからです」

「ふうん？」

到着した日野はチャイムも鳴らさずに、勝手知ったる様子で引き戸を開けた。

そして玄関へ入るのと同時に奥へ向かって声をかける。

「勝《かつ》、ちょっと来て」

「先生？」

首を傾げる知春へ、日野は笑いながら奥を指差す。

「来れば判ると、思う。…多分」

「？」

すぐに奥から応《いら》えがあり、やや小柄な青年が玄関に姿を見せた。

「何？」

「光岡、この顔に見覚えないか？」

「え？　あ…⁉」

言われ、知春はそれ以上言葉が続かない。

玄関に現れたその人物は髪は短くスポーツ刈りにしてはいるが、優しい女性的な顔立ちをしている。その顔は昴に…否、昴以上にあの少女と面影が重なった。

だがどこをどう見てもこの人は男性だ。

「兄貴、宿泊のお客さん？」

「お兄…ええ⁉」

二度見した知春へ、日野は上がるように促しながら玄関へ迎えに出た青年を紹介する。

「光岡、弟の勝利《かつとし》だ。勝、俺の生徒さん。悪いけど部屋にアルバム持ってきて」

「いつの？」

「小学校から中学校くらいの。上がって、光岡」

「夜分遅くにすみません。お邪魔します」

「光岡…ってもしかして君、吉松のご当主の息子さん？　かな？」

柔らかな笑顔で勝利に問われ、知春は驚きながらも頭を下げた。

「光岡知春です」

改めて名乗った知春へ、勝利も両手を胸の前で合わせる不思議な仕種で礼を返す。

「初めまして、弟の勝利です。兄貴がいつもお世話になっています。今日は災難でしたね、君は怪我はなかったんだよね？」

「はい、俺は。でも日野先生が怪我を」

昴とのやりとりから、日野がひったくりの犯人とはもう知春は考えていなかった。

「気にすることないですよ。君の護衛《ごえい》のはずが、別の場所で怪我していたら護衛の意味ないよねー。でも残りの犯人、さっき捕まったようですよ」

「護衛？」

「煩《うっせ》い勝、余計なこと言わなくていいから。…って、犯人捕まったのか？」

「みたいだよ。つい今しがた父さんに連絡来てた。玄関は冷えるからどうぞ上がって、アルバムと一緒に何か温かいものも持っていくから」

終始朗らかな笑顔を向けていた勝利はそう言って、再び奥へと戻っていく。

「先生…あの、もしかしてこのお寺は…」

二階への階段を上がる日野の後ろをついていきながら、知春は恐る恐る口を開いた。

「俺の実家。ここ地元」

「…聞いてません！」

「言ったよ、戻って来たって言っただろ？　使ってない部屋だから、埃《ほこり》っぽいけど」

日野は言いながら二階の真ん中の部屋の障子《しょうじ》を開く。

そこがどこなのか説明されなくても判る、日野の部屋だ。離れの物がない部屋とは違う、様々な物が雑然としている。学校で見かけるスーツもクリーニングされ、かけられていた。

その様子から、今は日野の私物を置く場所として使われているようだった。

部屋には整理ダンスに机と本棚、そして剣道の防具も置かれている。ベッドはない。そして所狭しと鴨居《かもい》にかけられている賞状と、数えきれないトロフィー。

「いっ⁉」

「いつって…彼女が暗いのが苦手だって、そんな話をした時じゃないか？　昴の上の姉貴とは同級生で、たまたま同じ東京の大学へ進学したからつきあってたんだ」

「…先生が、ここの地元？」

「そう」

「もしかして先生は、祖父とは知りあいなんですか？」

「光岡先生？　知りあいも何もウチは家族で親の代から姫路歯科《おまえんち》でお世話になってる。何故苗字に関係ない姫路歯科って言うのかも知ってるぞ。お祖母《ばあ》ちゃんが姫路出身なんだろ？」

「…！　そうです、そうかそれで…」

「？」

一人で納得している様子の知春に、日野は首を傾げる。

「いえ、ここへ来る時に祖父が。途中で学校の先生とかおまわりさんに呼び止められたら、必ず『祖父の至急の遣いで坂上の寺《おてら》へ行くところだ』と言えと言われたんです。もし疑われて一緒に行くと言われたらそのまま同行して、こちらを訪ねろと。出て来た人に祖父の遣いだと言えば大丈夫だからって」

「あぁ、なるほどね。光岡先生考えたなあ。それ以上の通行証ないかも」

「そうなんですか？」

「俺の家族は、あの高校の校則が厳しいことは知っているし…というか、校則が厳しくなった諸悪《しょあく》の根源《こんげん》は上の兄貴だし…で、光岡のことも知ってるから巧《うま》く庇《かば》ったはずだ」

「先生…？　今何かさらっと、凄い話を聞いた気がするんですが」

「いやいや…それいい案だから、これから俺の部屋を訪ねる時に見つかったらそう言うといい。何度も使える」

「…はい」

これからまた日野の部屋を訪れてもいいのだと言われ、知春は小さく頷く。

「光岡」

整理ダンスの一番上の引き出しを開けていた日野は、中から何かを取り出すと知春のてのひらへそれを乗せる。

「あ…！」

一目見ただけで、判った。あの、オルゴールの鍵だ。

「どうして、この鍵を先生が…」

信じられなくて顔を上げると、日野は鴨居にかけられていた賞状の一枚を指差した。

個人優勝と書かれている賞状の中に、一緒に古い写真が挟まれている。大会の写真なのだろう、小学生くらいの子供が二人、面《めん》を取った道着姿で写っていた。

二人共垂《たれ》と呼ばれる腰につける防具に『日野』と名前が入っている。

「もしかしてこれ先生と…お兄さん？」

いや、それよりも知春の目を釘付《くぎづ》けにしているのは、写っているその顔立ちだった。

二人並んでいるうちの泣きそうな表情で写っている小柄の少年は、たった今玄関で紹介された勝利をそのままそっくり身長だけ小さくしたとしか思えない顔をしている。

「勘のいい光岡なら、そろそろなんとなく察してきたとは思うけどな」

「まさか、先生が…？」

「…」

それ以上言葉が出てこない知春の耳に階段を上る足音が聞こえ、アルバムを携《たずさ》えた勝利がお盆を片手に部屋を覗く。その足元には、日野の離れに出入りしている猫のナツがいた。

「おまたせ、アルバム持ってきたよ。光岡君、こんな時間だしお腹空《なかす》いてない？　台所からおにぎり貰ってきたから、お腹空いているようなら食べてね」

「あー、俺が食う。そういえば飯食ってない」

お盆に乗せられたおにぎりへ手を出そうとした日野を、勝利は寸前で避ける。

「これは光岡君の！　正兄《まさにい》帰って来てて呼んでるから、腹減ってるなら下で食べて来なよ」

「そうか。光岡、すぐ戻るからちょっと待ってて。勝、光岡の相手頼む」

「うん」

日野は言い置き、部屋を出て行く。

相変わらずにこにこと笑顔を振りまく勝利へ、知春は改めて頭を下げた。

「こんな遅くに突然お邪魔してすみません」

「兄貴のお客さんで、離れに来たんでしょ？　ここへは兄貴が連れて来たんだし、気にしなくていいですよ。それにウチはなんらかの事情で、一晩の宿を求めて来る人に宿泊の提供をしてるから、この時間でもいつも誰か起きてるんです」

「それでさっき俺に『宿泊？』って訊いたんですね」

「兄貴の生徒さんが家出でもしたかな？　って。ごめんね？」

そう言って勝利は顔の前で両手を合わせてすまなそうに謝った。憎めない人、という印象がぴったりで全面的な好意を向けてくれる勝利に、知春も警戒心なく接することが出来る。

「すみません、こんな遅くに先生の所へ伺った俺も悪いので」

「兄貴、誰かと一緒に寝るの嫌いな人だから。離れだとお客さん用の布団もないし、泊まるのにこっちへ連れてきたのかと思ったんだ」

「そうなんですか？　…初耳です」

初めて日野の部屋へ訪れたその夜から、ベッドで一緒に寝ている知春には驚きの言葉だ。

彼の腕で気を失っているので最初はカウントに入れないとしても、少ないが、彼の寝顔も知春は知っていた。

「うん。それで女の子が上がり込んで来ちゃって同棲が始まっても、一緒に寝てくれないって彼女が怒って出て行くか兄貴が睡眠不足で根を上げるかのどちらかだったらしいから」

「…」

意外な日野の話に驚く知春へ、勝利は笑う。

「それにしても…兄貴から光岡君は優しくていい子だとは聞いていたけど、こんなに美人だとは教えてくれなかったから驚いた」

「美…いや、それって…日野先生、家で一体何の話をしてるんですか…」

勝利に笑顔で見つめられるのに恥ずかしくなり、知春は俯く。

「光岡君自慢？　兄貴ってあまり他の人のこと話さないんだけど、光岡君は特別みたいで」

「はあ」

どこまでを知っていての特別なのか測りかね、知春の相槌も曖昧《あいまい》になる。

「特別なのは、ナツもそうみたいだし」

「？」

勝利の傍《そば》でごろりと寝ていた猫は、そうだと言わんばかりにゴロゴロと喉を鳴らした。

「この猫は人見知りが激しい子で、兄貴の所へお客さんが来ると隠れちゃうんだ。だけど光岡君にはこうして平気でいるから」

猫は時々だが、姿を見せるとずっと好き勝手に日野の部屋で過ごしている。時には朝まで一緒にベッドで寝ていることから、人見知りをする猫だとは知春は知らなかった。

「猫も、光岡君が好きなんですね」

「…」

どう返事をしていいのか判らず、それと同時に少しだけ後ろめたさもある知春は視線を泳がせた先に目についた賞状を指差した。

「あの…これ、日野先生ですよね？」

「そう。上の兄二人です。大きいほうが長男ですよ。半べそで泣きそうなのが…」

「日野先生？」

勝利は頷きながら近くにあった座布団を引っ張り出し、知春に勧めると自分も座る。

「もしかして俺…先生が子供の頃に逢ってるかも、しれないんです」

「あぁそれでアルバムを持ってくるように言ったのかな。兄貴は…これですよ」

アルバムを開き、中の写真を示す。賞状の写真よりも鮮明なその顔は、あの少女だった。

記憶の中では摩耗《まもう》してぼんやりとしていたのに、こうして改めて見ると今度こそ間違いない。どうして昴をその少女と思ったのか判らないほど、別人だ。

「…これが、小さい時の日野先生」

驚きでそれ以上言葉が続かない知春に、勝利は笑いながら自分を指差した。

「兄貴が子供の時の顔はこれです。だけど俺と兄貴、全然！　似てないでしょ」

「はい。似てないどころか…今の先生には、面影《おもかげ》もなくて」

「母もそう言って、今でも兄貴に嘆《なげ》きますよ。小さい時は女の子みたいに可愛かったのに！って。今この顔の俺の立場ないですよ。上の兄二人は似てるんですけど、俺は似てなくて。でも子供の頃は俺の顔そっくりだから、俺がよく今の兄貴に間違えられます」

「…と、思います」

「ね！　兄貴は今と違って体も小さくて、泣き虫だったそうです。夜の剣道練習を抜け出してはよく父に叱られていたって。それが今はあんなに強くて強面《こわもて》になるんだから」

「…」

勝利の話を聞きながら、知春は自分の動悸《どうき》が速くなっていくのを感じていた。

そうか、学校で着替える日野の横顔を見て何か思い出そうとしていたのはこれだ。

逢ったのは知春が幼い頃で、剣道を知らなかったら袴姿の胴衣は着物にしか見えない。

確かに勝利を見てから改めて日野を見れば、目元や顔立ちは共通して似ている。

「いきなりこのアルバムを見せられて先生だって言われても、きっと信じられなかった」

「俺もそう思う。だから兄貴は最初、俺を玄関で光岡君に会わせたんじゃないかな」

「…まあ本人の俺も信じられないけどな」

「先生」

声がして振り返ると、自分の分らしいおにぎりを皿に乗せて日野が戻って来ていた。

「兄貴、光岡君が泊まるなら部屋用意するよ？　今日は空いてるし」

「いや、俺達は離れへ戻るから」

日野が戻って来たことで、勝利はお役御免と立ち上がる。猫も一緒に立ち上がった。

「じゃあね、ごゆっくり」

「お茶とおにぎり、ありがとうございました」

「どういたしまして」

勝利が猫と共に部屋を出て行くのを待って、立ち上がった知春は改めて日野を見上げた。

「…本当に、先生なんですか？」

「あいにく、女の子じゃないけど。どうもそういう家系らしく、ハル君と逢ってから…中学の頃に背も急に伸びて男臭くなっていったんだ」

申し訳なさそうな日野に、知春は首を振る。

そうか、だから昴の行動に対しても日野は毅然《きぜん》としていられたのだ。

唯鈴が約束の少女ではないと断言出来たのも、もし会えなくても…と言っていたのも日野が少女本人だったから言えた言葉だった。あの時に見た痣《あざ》は、剣道の練習のものだろう。

「どうしてすぐにあの子が自分だって、教えてくれなかったんですか？」

「聞いたのは随分後だし、あの約束のことはもう忘れてしまっていたと思っていたんだ。光岡は俺を女の子と信じて疑ってなかった。夢なら壊したくなかった」

「だけど」

「あれだけドリーム込みで語られて、『あ、それ俺だわ』って言い出せると思うか…？」

確かに日野の言うとおりなので、知春は恥じ入って小さく頭を下げた。

「う…すみません。でもせめて最初に自分は『お姉ちゃん』じゃないって、訂正しておいてくださいいい。俺…今日までずっと、女の子だと思い込んでいたんですよ…」

「あの頃の光岡は『母親』を捜していた。もしかしたら、無意識のうちに見つからない母親と女の子だと思い込んでる俺を重ねて見ているかも知れないと思ったんだ。仮初めの慰めだと判っているから、無理に訂正することもないかと、そのままにしてた」

あの時から優しかった日野のまなざしを、知春は見つめ返す。

「俺、どうして昴をあの時の少女と見間違えたんだろう。全くの別人なのに」

「光岡はまだ幼かったし、忘れたくないことは何度も繰り返し思い出すことで上書きしようとする。だけどコピーを繰り返すと次第に劣化《れっか》していくように、上書きされた記憶も摩耗《まもう》していく。擦《す》り切れた記憶を補《おぎな》おうとして、脳が手近にいた昴を約束の少女かも知れないと思い込もうとしたんだろう…と、思う」

「俺…ずっと、捜していたんです」

「うん。そのために、光岡は夜を歩いていたんだな」

「…」

知春は小さく頷く。そうするのが、やっとだった。

俯いてしまったままの知春が心配になり、日野は覗き込む。だが知春は顔を上げない。

「ひったくりの犯人、捕まったぞ。金を貰って依頼されたって、警察で言っているから…もしかしたら昴のことを話すかも知れない。…俺が犯人じゃないって、信じてもらえるか？」

心細そうに訊《たず》ねる日野に、知春は俯いたまま頷いた。

「もう、犯人だなんて思ってません。…でも、どうしてあんな場所にいたんですか？」

「光岡を待っていた。いつもあれくらいの時間に通るだろ。そしたら光岡がフルへルの男を追いかけてて、その男がオルゴールだけ鞄から抜いたのを見たんだ。追いかけて取り返そうとしたらナイフで切りつけられて、これ」

日野は包帯の巻かれた左手を指差す。

「今日は…待ち合わせがあったので、最後の授業までいなかったんです。…ひったくりの事件がある時には、先生と逢っていないことに偶然気付いて。先生がこの街へ来てから…正確には戻って来てから、ひったくり事件が多くなったって聞いて」

「それで俺が犯人と同じような格好で逃げ込んだ道に立ってて、オルゴール持って、左手怪我してたら疑うよな。ひったくりの犯人だったら、デートしてない時にやるだろうし」

「…疑って、すみません」

小さく消え入りそうに謝る知春の髪を、日野はくしゃくしゃにする。

こんなふうに日野に触れて貰うのは、本当に久し振りだった。

ただそれだけで嬉しくて、知春は泣きそうになる。

「俺の兄貴が、警察にいるんだ。夜間抜き打ちで巡廻する情報を教えて《リークし》貰っていたから、巡廻が強化される日は光岡を部屋に呼ぶようにしていた」

「俺が補導されないように、ですね」

見つめる日野のまなざしが、そうだと告げている。

「それで…巡廻の連絡が昼間に間に合わない時もあったから、そんな時は」

「一緒に外を歩いてくれてたのは、そのせい…？」

大人の日野が一緒に歩いていれば、警察官の巡廻で声をかけられることはない。

もし声をかけられても、かつて土手で警察官に遭遇した時のように知春を庇うために日野は一緒にいてくれたのだ。…知春のために。

「それもあるが、光岡と一緒に夜を歩きたかったんだ。少しでも、お前と同じ時間と空間を共有したかった」

「…」

「あと…もうひとつ。光岡が夜に自宅で眠れないと聞いたのもある。あぁまだ寝られないのか、そう思ったらいてもたってもいられなくなった。どんな理由でもいいから部屋に呼んで、光岡に安らかな睡眠をあげたかったんだよ」

「先生…」

思わず顔を上げる知春を、日野の真摯《しんし》なまなざしが見つめ返していた。

「夜に歩くのは…光岡はまだ、お母さんを捜しているのかと思った」

「だから『夜に歩く理由を俺は訊かない』って言ってくれたんですね」

約束の少女は、知春が母親を捜し求めて泣きながら街を歩いていたことを知っていた。

答えるのも辛《つら》い話をわざわざ訊くわけがない。

日野を知っていくと、約束の少女と重なる。知春の胸が、甘く甘く疼いてくる。

見つめ返されるまなざしが照れくさくなった日野は、知春の手をそっととった。

指先に触れるだけの手を、知春が指を絡めて握り返す。

「まさかあの約束を光岡がまだ憶えていて、俺を捜してくれているとは思わなかった」

「昴のお姉さんがその少女かも知れないと先生に告げた時、なんて言ったのかやっと判りました。あの時『まさか』って言ったんですね」

言いながら知春は日野に呼応するように顔を近付ける。

「そうだ」

「子供の頃、あんなに美少女だったなんて詐欺《さぎ》ですよ」

「皆に言われる」

「…先生も、約束を憶えてくれていたんですね」

囁く吐息が、相手の唇に吹きかかりそうなくらい近い。

「いつかハル君に逢えたら、俺も泣き虫をやめたって言えるように頑張って…剣道で強くなった。夜の脱走を禁じられて、逢えなくなったんだ。逢えなくなってすまない」

「いいえ。先生はちゃんと約束を憶えていてくれた。鍵も、持っててくれました。…俺、ずっとあなたが好きだったんです。俺に約束をくれた、あの女の子が」

「…光岡」

「俺にとって約束の女の子は、ずっと心の支えでした。だけどその約束は果たされないかもと思っていたのも本当です。諦めなくてはならないと。…そんな時先生と知りあって、先生に惹かれ始めている自分に気付いて。その子が先生でどれだけ嬉しいか、判りますか？」

「…」

知春は日野の唇の上で囁きを繰り返す。甘く痺れる気持ちそのままに。

「好きです、先生。俺自身は気付かなかったけど、先生があの女の子だったから俺は先生に…抱かれたんです。他の男だったら、絶対無理でした。先生の腕の中だから、俺は安心して眠れたんです。それだけは…信じて下さい」

「信じる。俺を受け入れてくれてありがとう、光岡。…無理強《むりじ》いをさせてすまなかった。最初は部屋に呼ぶ理由を探していて、お前が欲しくて我慢出来なかった。すまない」

「今なら、どうして俺なんですか？　って、訊いても…いいですか？」

日野は頷き、その唇へ優しく口づける。

「先に言われてしまったが。…お前が好きだからだよ、知春。好きだから、抱きたかった」

やっと下の名前で呼ばれ、知春の全身が歓喜に震えた。

「最初は…俺は愛人の子だから、簡単に自由に出来ると思っているのかと」

「違う…！」

「…！」

強い否定の言葉に、知春は目を丸くする。

日野はもう一度、ゆっくりと繰り返した。

「違う。そんな理由で知春に声をかけたわけじゃない。そもそも、それ以前にお前が愛人の子だなんて思っていなかったんだから。職員室で話を聞いた時、どれだけ驚いたと」

「え…？」

言われてみれば日野にその話をしたのは、関係を持った後だ。

「事情があるようだし、本来は部外者の俺が口を挟む権利はないんだが…知春が誤解しているようだから、一応言っておく。家に戻ったら光岡先生…お祖父さんに、お母さんのことを訊くといい。もし一人では不安なら、俺が一緒に聞いてやるから」

「先生…？」

日野は握っていた手に優しくそっと、励ますように力を入れる。

「知春は自分の生まれのことで、誰にも何一つ恥じ入る必要はないんだ。お祖父さんの話を聞いて、それからご当主にも話をつけたいなら、俺が必ずご当主に会わせてやる。俺だけがその権利を持っている。そのためにここへ戻って来たんだ」

日野の囁きを聞き、知春は頷いた。

「じゃあ先生は…俺がただの光岡知春で、いいって言ってくれるんですね？」

知春の問いに応じるように、日野は強く強く彼を抱き締める。

「むしろ色々邪魔だが、俺はお前だけでいい。…愛している、知春。あの夜の約束を憶えてくれていて、ありがとう」

「今度こそ本当の気持ちで俺、先生のものになりたい。だから、俺の名前を呼んで下さい」

知春の願いを叶《かな》えるため誓いの証のように日野は優しく、そして情熱的に口づけた。


「ん…っ、あ…ふぁ…」

離れのドアが閉まるのももどかしく、居間で日野に強く抱き締められた知春は何度も口づけを重ねる。

日野は互いの唾液《だえき》を飲み込むような、わざと乱暴なキスをして知春を甘く鳴かせていた。

「先せ…ここで、するの…？」

「もっと、知春…」

「…んぅ」

下の名前で呼ばれるだけで、知春は目眩《めまい》がするようだった。

服の上から行き来する日野の手に、知春の体が焦《じ》れて熱くなっていく。

「…っ⁉」

「おっと…」

不意に膝《ひざ》の力が抜けて崩れそうになる知春の体を、日野は腕をまわして支えてやる。

「大丈夫か？」

思わず日野のシャツを摑んだ知春の手が、小さく震えていた。

「どうしよう、先生。俺…名前を呼ばれるだけで、なんか緊張して…」

「知春」

「体はあの時みたいに熱いのに…どんなふうに先生としたのか、判らない」

「…怖い？」

怖くないから、知春はふるりと首を振る。

「は、初めての時より…緊張してる」

「それは、俺も」

日野は小さく笑い、ソファに座らせた知春を励ますために前髪へと口づけた。

「そういえば俺に会って確かめたかったことって、何？　正確には、あの時の俺だけど」

途端、立ち上がれない知春の頬がもっと紅潮する。

「今、それを訊くんですか…？」

「なんでそんな情けない声になってるんだ？　この状況だと答えにくい内容？」

「いえ、うー…」

知春は首を振りつつも、片手で顔を隠してしまう。

しばらく悩んだのち、知春は遠慮がちに口を開く。

「…俺、何度か女の子とつきあっても最後までいったことがなくて。興味ないわけじゃないし、積極的な女の子もいたし、友人同士のエロ話も動画も普通に反応するし、面白いし」

「うん」

話し始めた知春の横へと、日野も腰かける。そして、彼を励ますように手を繋ぐ。

「だけど、自分から積極的にしたいとまでいかなくて。それで…もしかしたらあの約束の女の子が好きだから、他の女の子としたいと思わないのかって」

「…それ、いつぐらいから？」

「先生に幻滅《げんめつ》されそうだけど、中学になって塾へ通えるようになって…約束の女の子を捜し始めてからです。約束の女の子を捜していた理由の、ひとつです。会ってみたら判ると思って。もし理想と違っても、気持ちの整理が出来れば他の子と出来るだろうし」

「あー、なるほど。想い人がいたら、感情的な部分で他の子としようとは思わないからな」

気分を害することなく苦笑する日野に、知春は抱えた自分の膝に顔を押しつけて続ける。

「それなのに…再会する前に先生とそうなっちゃって、それがめちゃくちゃよくて。自分がどうにかなっちゃうかと思うくらいだったから」

「そんなに凄かったか？」

知春は恥ずかしさに膝に埋めていた顔を上げ、潤んだまなざしで日野を睨《にら》む。

「言ったじゃないですか、死ぬかと、って…！　本当に、俺」

その表情があまりにも可愛く見えた日野は、愛《いと》おしくてたまらなくて彼の頬と唇へのキスで慰めてからぎゅっと抱き締めた。

「ごめん」

「謝られると恥ずかしいのが増すから、いいです…。それまで考えたこともなかったけど、男の先生には体が反応したし…どんどん惹かれていくから、もしかしたら」

「女が駄目かもって？」

「…先生の『提案』を受けたのも、エロい興味もあったけど…自分が男の人とやってみたら判るとも思って…すみません」

小さく消え入りそうな知春の謝罪に、日野は苦笑いしながら握り締めていたままの手にそっと力を入れる。

「最初がどんな理由でもいいよ。男は潜在的同性愛者という説もあるくらいだから、男の俺とよくても、心配しなくて大丈夫だって最初に話しておけばよかったな」

「そうなんですか？」

「立証しようがないが、多分間違いなく俺は知春以外勃たない。…こんなふうに」

「…！」

そう言って日野は、握っていた手を自身に軽く触れさせた。

同じ男なので、布越しに伝わる熱がどんな意味を持つのか知春にも判る。

「…きっかけは、先生からでしたけど。先生と平気な俺で、よかったと思ってます」

それ以上は恥ずかしくて言えなくて、知春は両腕をまわして日野へ甘えた。

「俺もそんな知春に感謝だな。…今も興味、ある？」

「ここじゃ、なければ」

「そうか、ごめん」

そう言うのが精一杯の知春に苦笑して、日野は彼の腕を取って立ち上がるのを手伝う。

「今更だけど、泊まっていけよ。遅いのもあるけど…今夜はお前を帰す気、ないから」

「…」

先に寝室へ向かった日野は、窓のカーテンに手をのばしながら知春に振り返る。

「今夜からもう、窓閉めて寝てもいいよな？」

「先生…もしかしてずっと窓、開けて寝てたんですか？」

「お前に疑われたくなかったからな。いい加減寒くなっていたから助かった」

ベッドに腰かけた知春は、パチン、と窓の鍵をかけた日野へと両手を差し出した。

「…ん」

「知春？」

「俺がここへ来なくて先生を冷やしてしまった分、あたためます。だから、来て…んぅ」

くださいい、と言うつもりだった知春は日野のキスに奪われて最後まで続かない。

「あたためてくれるなら、知春の中がいい」

「エロオヤジ…」

「今夜だけは称賛《しょうさん》として受け取っておく。なんで知春が可愛いのか判った、ギャップ萌《も》え」

「はあ？　なんです、それ…」

ベッドの上へと押し倒されながら呟いた知春へ、日野は笑う。

「お前、今みたいにたまんなく可愛いことするからだろ。普段は無口で無愛想なのに」

「先生の前でへらへらしないだけで…ぁ」

シャツをたくし上げていた日野の手が中へと滑り込み、乳首へと辿《たど》り着く。

擦《こす》るように抓《も》まれ、知春から声にならない吐息が零れ落ちる。その反応に満足して、日野は指でいじりながらもう片方も唇で丹念に愛撫《あいぶ》し、知春の劣情を煽《あお》っていく。

「も…や、だ…先生」

「うん、お前ここ弱いよなあ」

「あ…！」

痛みさえ感じる痺れに焦れ、日野を自分から離そうとのばした手を捉《とら》えられ、シーツへと釘付けにされてしまう。

「左手はまだ痛いから、動かすなよ」

「だって、先生…ぁ、あ」

日野は知春が恥ずかしさで抗《あらが》うのを止《や》めておとなしくなるまで乳首を弄《もてあそ》び、その間に下肢《かし》から着ていた衣服を脱がせていく。

そして日野も知春の腰を挟むように跨《また》いだまま、自分の服をベッドの下へと脱ぎ捨てた。

「寒くないか？」

「…恥ずかしくて、熱くて死ぬ」

「よし、もっと死なせてやる」

そう言って笑う日野に、自分の両腕で顔を覆《おお》っていた知春はそのまま小さく唸《うな》る。

「あれだけ、いじられたら…」

「いや、多分これのせい」

日野はそう言って笑いながら、利き手で人差し指と中指だけ揃えて立てて見せた。

「…あ」

その仕種の意味を察し、知春の頬はこれ以上ないほど紅潮する。

「神経が前立腺と繋がってるって、だから…」

日野は知春へ口づけながら指を花弁へと伝わせた。

「んっ…」

潤滑剤《じゅんかつざい》で濡らされた指は生き物のように知春の花弁から侵入し、迷うことなく敏感なその部分を探し当てて刺激していく。それと同時に再び乳首も愛撫し、知春を追いたてた。

「や、…先生…」

「うん、慣らすまでちょっと我慢…」

「先…んぅ…」

日野は無意識に逃げようとする知春を優しく押さえて指を進めていこうとするが、深く沈められない。

「もう少し力抜け…緊張しすぎだ」

「無、理…どうやっていたのか、判んな…」

「知春…」

頬を紅潮させて今にも泣きそうな表情になっている知春から、日野は怯《おび》えさせないように一度ゆっくりと指を引き抜いた。

「え…？　ぅわ…⁉」

日野は背中へと手をまわして赤ん坊を抱き上げるように知春を起こすと、自分の腰を挟むように跨がせて膝の上へ座らせる。

「先…」

「キスして、知春」

「…っ」

言われるまま顔を寄せて日野へと口づけ、互いの口腔内を蹂躙《じゅうりん》するように求めあう。

「…知春に、ずっと謝ろうと思っていたことがあって」

「俺に？」

熱っぽく唇の上で囁く日野へ、知春は首を傾《かし》げる。

「『俺の愛人になれ』なんて言ってすまなかった。この部屋に呼ぶためとは言え、もっと他にいい言葉があったはずなのに。知春が夜眠れないなら、そんなこと言ってられないくらい疲れさせたらどうだろう？　そう思って誘ったのは本当なんだけど」

「先生」

そうか、だから日野は自分を宝物のように大切に抱いてくれたのだ。

日野は甘え、知春の肩口へ額を押しつけた。

「お前を気持ちよく、だけど気絶するくらい疲れさせるつもりで…初めてだって判ってたのに俺が夢中になって負担をかけさせた」

「…！　でも、先生の言葉に応じたのは俺です。そして俺は、先生じゃなかったら…きっと退学覚悟で拒《こば》みました。先生だから、俺…それだけは信じて下さい」

それ以上は続けられなくて、知春は日野の背に両腕をまわすので精一杯だった。

日野もまた、知春を抱き締める。

「…信じるよ知春。たとえ昔出逢っていなくても、俺はきっと知春を好きになっていた」

「先生」

「好きだよ、知春。だからお前を愛したい。…怖くないから」

「…」

知春は頷き、日野に全てを任せるために目を閉じた。

「…いい子だ。恥ずかしかったら、俺に縋りついてていいからな」

日野は優しく囁き、再び知春の下肢へと手を滑らせる。膝を開かせているので、今度は抵抗なく指を沈められた。

「んっ…ぁ、先生…っ」

「知春…」

敏感な部分に触れる度に知春の体が震えるが、日野は細い彼の体をしっかりと抱き締めて逃げられないように花弁を愛撫してやる。

「も…指、やだ…」

やがて花弁が喘《あえ》ぐようにひくつき始め、もっと奥へと日野の指を誘い出した頃、半分涙声になっている知春の訴えに応じて指を抜いた。

「もう…大丈夫？」

「…ん」

「じゃあ一瞬だけ、我慢な」

日野は励ますために知春の額へキスをしてから、彼を再び仰向《あおむ》けにする。

そして知春に呼吸を合わせながら、日野はゆっくりと彼を支配していく。

「あ、ぁあ…！　先生…っ」

「もうちょっと…知春」

熱い日野自身が自分の中へと来て、繋がっていく。その熱さで、ひとつになったところから日野と熔《と》解けてしまいそうだった。

痛みを凌駕《りょうが》する快感に一気に達しそうになった知春は、下腹部に感じる圧迫感と共にそれを抑えるのに必死で、呼吸が巧く出来ない。

「は、あ…」

「…深く息して、知春」

日野の腕を摑んで必死に堪《こら》える知春の手を取り、自分へと縋らせる。

そして優しくあやしてやりながら、少しでも知春の呼吸が楽になるように口づけた。

「んんっ…」

「いいよ知春、達《イ》きたいなら我慢しなくて。何度でも達かせてやるから」

「や…だ」

「どうして」

「悔しい、から…ぁあ！」

負けず嫌いな片鱗《へんりん》を見せる知春へ日野は笑い、わざと意地悪に突き上げる。

「そっか、なら頑張れ」

涙を浮かべて頷く知春の頰へ、日野はまたキス。

「もしかして先生、キス…好き？　なんですか…？」

「実は、すっごく。知春は？」

頷きながら照れ笑いの日野へ、自分も同じだと今度は知春のほうからキスをする。

「ん…ぁあ」

そして甘えるように、ねだって日野の腰へと内腿《うちもも》を擦りつけた。

「…知春、すっごいエロい表情《かお》してる」

「誰が、させてると…っ、こんなの…先生にだけ、です…先生だって」

涙声で抗議する知春へ、日野はご機嫌取りに鎖骨へと顔を埋める。

「うん、俺も本当は…全然余裕がない」

「先生…」

「…動くよ」

「は、い…ふあ、や、あぁ…っ」

両手をシーツの上へ釘付けにされ、力強く穿《うが》たれる律動に知春は翻弄《ほんろう》される。

最初に日野に抱かれた時とは全く違う。擦れあう肌から甘く蕩けるようで、突かれる度に心が満たされて溢《あふ》れそうだった。

「先生、先生…あ、ぁあ…」

「愛してる、知春…」

「俺、も…先生…んう…！」

互いの気持ちが重なった初めての夜、繰り返される優しい囁きを聞きながら知春はやがて絶頂を迎え、日野もまた深く愛しながらも彼に溺れていった。

明け方の気配が近付く頃、日野に背中から抱き締められながら知春は小さく呟く。

少し前まで日野に愛された体は疼痛《とうつう》と全身に倦怠感《けんたいかん》があるが、それは幸福な痛みで辛く感じない。こうして背中からの日野のぬくもりが、心地好いまどろみを運んでくれている。

「…ずっと不思議なんですけど」

「うん？」

「俺…どうして先生のこの部屋でなら眠れるのかなって、ずっと不思議に思ってて」

「あぁ、いろいろ条件が揃ったんじゃないか。適度な運動と、人肌とあと裏庭の竹林」

「竹林？」

振り返った知春の額に落ちた髪を梳《す》いてやりながら日野は続けた。

「ホワイトノイズだ。雨の音とか海の音…竹林の音もそうだけど、自然界にある音《ノイズ》は様々な音の周波数を持っているから、普段意識してないけど聞こえていた音が遮断《しゃだん》されるんだ。睡眠障害に効果があるとも言われてる。…知春、雨の日なら自分の部屋でも眠れるだろ？」

「…雨の音、好きです。世界が静かになったみたいで」

「それプラス、セックスは快感を伴う全身運動だ。疲れて俺と一緒に寝たら…人肌はあたたかいし、ぬくもりがあると一人の部屋で寝るよりも安心出来るだろ」

「…そうか」

納得した知春は日野へと腕をまわす。日野もまたそんな知春を優しく抱き締めた。

「せっかくだからその流れで。…さっき途中だった話、知春は多分ノーマルだと思う」

「え…？」

「いや、俺としておいてノーマルか、というと微妙かも知れないが。多分性的指向は異性寄《ヘテロ》り。…知春、クラスの友人にモヤッとしたことは？」

問われた知春は、はっきりと首を振る。

「全くないです。友人達とそんな話になった時も速攻で、それはない…って生理的に」

「だろうなあ。これは俺の推測だけど、知春は眠りが浅いだろう？　学校でも寝ているとはいえ、長時間の熟睡が出来てるわけじゃない。日常生活に支障が出ない最低限の睡眠分しかとれていないとしたら、女の子とエッチなことしようってエネルギーは出ないと思う。年齢の割には淡泊なせいもあるだろうけど、昔から好きな子がいたら尚更な」

「…」

あまりに簡単に解決されてしまい、ぽかんと見上げてくる知春へ日野は唇を寄せる。

日野にキスをされる度に、知春は彼を好きになっていくようだった。

「俺と一緒なら眠れる理由がもうひとつ。知春、自分の部屋で言っていただろう？　『約束の女の子が、自分の眠りを連れていった』って。…だから俺と一緒なら眠れるんだよ」

「先生のほうは、一人じゃないと眠れないって勝利さんに聞きました…よ？」

「…そのはずだったんだけど。知春となら、俺も熟睡出来るんだよ。多分以前俺が持って行ったらしい知春の眠りが、知春本人が一緒にいることで効果を発動してるんだと思う」

「…！　それを俺に返してくれる気は…」

思わず笑ってしまいながら訊く知春に、日野はわざと鷹揚《おうよう》に頷く。

「返さない代わりに、俺が知春のお休み羊になってやるから…じゃ、駄目？」

惚ける日野に、知春は蕩けそうな柔らかな笑顔を浮かべた。

「じゃあ、それでお願いします」

「よし、いつでも好きな時に。…そろそろ寝ろ、こうして抱き締めていてやるから」

「はい…おやすみなさい先生」

「おやすみ、眠り姫」

日野にキスをして貰い、知春は彼の腕の中で滑るように眠りへと落ちていった。


翌日、家に戻った知春は祖父の口から母親は既に亡くなっていたことを聞かされた。

「お母さんが…」

「そうだ。母さんの病はゆっくりとだが確実に命を削っていくものだったから、病気が判った時に母さんは入院はしない、少しでも長くハルの傍にいたいと願ってな。…大きな発作があって、真夜中に病院へ搬送《はんそう》されたが駄目だった。その時にお前の目が覚めてしまってね」

「…」

「いつも隣に寝ていてくれた母親がいなくなれば、パニックにもなる。…子供ながらに母親の死を悟《さと》っていたのかもしれないが。お前は泣いて泣いて、どんなに宥《なだ》めても泣き止まなくて。疲れ果ててしまった後に原因不明の高熱を出して、病院で何日も意識不明だったんだ。だから母さんの葬式には参列していない。病院でお前にずっと付き添っていたのは、吉松なんだよ。お前のお父さんが、目が覚めるまでずっと知春の手を握っててくれたんだ」

「…！」

「親族達は、残されるお前を不憫《ふびん》に思って連れて行く気じゃないかと言っていたが。母さんがそんなことをするわけがない、そう言って吉松は最後のお別れだけしてくれてな」

「お父さんが…」

「吉松が私と大学が同期なのは知ってるよな？　あいつは昔からこの家へ出入りしていたから、母さんが子供の頃から随分可愛がって貰っていたんだ。だからあいつの結婚も知っているし、吉松の家も継いで重責に苦しんでいた姿も知ってるよ。弱音を吐きにもよく来ていたから、まだ子供だった母さんがよく吉松に『当主ならしっかりしなさい』って怒ってた」

「お父さん、お母さんに怒られていたんだ…」

驚く知春に、光岡は苦笑する。

「吉松は、昔からお前の母さんにだけは頭が上がらなかったよ。あいつの結婚は全て見合いでね、親族に勧められるまま政略結婚して…相手へ愛情がなかったとは言わないが、どれもうまくいかなくて。三度目の離婚の時に吉松が疲れ果てていたのを母さんが慰めているうちに、いつの間にか愛しあうようになって…やがてハルを授かったんだ」

「…」

「ハルが母さんのお腹に宿ったことを知った吉松は、それは大喜びして。すでに独身だった吉松が母さんにプロポーズして…即断られて」

「…え？」

「私に頬骨と前歯二本折られた挙げ句にな。吉松がどんなに土下座して結婚を申し込んでも、母さんは結局最後まで首を縦に振らなかった」

「どうして…」

「自分が病気で助からないことが判っていたからだよ。『四度目の結婚が死別だなんて、あの人が可哀想過ぎる』って、泣きながらな。本当は母さんも吉松と結婚したかったと思う。あの二人は、本当に好きあっていたんだ。だからこそお前が出来たんだよ、ハル」

「お母さんが…」

「誤解がないように言うが、母さんも吉松のことがずっと好きだったんだよ。だから彼の血をひくハルを授かって、こんなに嬉しいことはないって。男の子を欲しがっていた吉松に、これで男の子をあげられるって笑っていた」

「…」

「だけど自分はハルが成人するまでは生きられない、もし自分が死んだら吉松の家にお前一人が取り残されてしまう、だから結婚はしない。ここでハルを育て、吉松の後継ぎとして相応《ふさわ》しい人間になって、ハル本人が継ぎたいと願うならそうしてやってくれって頼まれたんだ。妊娠中、自分が吉松の一族にされた仕打ちに残されるお前を案じたんだと思う」

「お父さんは、そのことを…」

「全て知っていたよ。この家で生まれたばかりのお前を抱く母さんの手を握って、男泣きに泣いて詫びていた。『すまない』って、何度も何度もな」

「…じゃあお母さんは、お父さんの愛人じゃなかったんだ」

「母さんは吉松を誑《たぶら》かした悪女と思われているなら、そうさせておけと。そのことでハルには苦労させるかも知れないが、一族を侮らせておいてくれと。ハルはそんなことで屈するような弱い子ではないから、大丈夫だとね。『あの人と私の子供なんだから!』って」

「俺…」

知春は、頬に伝い落ちていく涙で、それ以上声にならない。

「ずっとお母さんのこと、誤解して…た…よ」

「幼いお前があまりに不憫《ふびん》で、死んだと言えずに出て行ったと教えたのは私達だ。…二度と会えない絶望よりは、いつか帰ってくるかも知れないと希望をもたせたほうがいいと」

だから祖父母は、失踪《しっそう》したはずの娘を捜さなかったのだ。

そしておそらくは、知春にそんな嘘を言わなければならないくらいの状態だったのだろう。

成長し、分別がついて母親のことを問うた時に、教えるつもりで。

「だけど俺…これまで一度も、お母さんのことを訊かなかったから、言えなかったんだね。お祖父ちゃん、ごめん…。日野先生に言われるまで、訊こうともしなかったんだ」

「日野先生は『お役目』もあるから、私らの家の事情もご存じなんだろう」

「お役目？　って？」

「そこまでは聞いてないのか？　坂上の寺は吉松と同じくらい古いから地元で力があるだろう？　お互いのパワーバランスのために、大昔から吉松の当主が変わる時に寺から『お役目』と呼ばれる人間が選ばれて、候補者が本当に次期当主として相応しいか選定するんだ」

「…！」

「とはいえ今は殆ど形式化しているが。お役目が惚れ込んで次代の当主の補佐に就《つ》くこともあったと言うから、お役目に選ばれる人間は優秀であることが絶対条件だけどね。坂上の三兄弟は皆優秀だけど、特に真ん中の日野先生はずば抜けていたね」

「日野先生が…」

「吉松がすぐ引退と言うわけじゃないだろうから…おそらくはお前のために吉松が坂上に頼

んで、東京で暮らしていた日野先生を呼び戻してくれたんだと思う。お役目には特権があるわけではないが、好きな時に現当主と会うことが出来る。日野先生に頼めば、吉松に会うことは簡単だよ。…それから」

「？」

「母さんは、坂上の寺で眠っている。気持ちが落ち着いたら、会いに行ってあげなさい」

「…うん、お祖父ちゃん」

知春は頷き、頬を濡らしていた涙を拭った。


「光岡先生から、俺の話まで聞いたんだ？」

その日の夕方再び訪れた知春へ、日野は一緒に霊園に向かいながら小さく笑った。

「上の長男は仕事で忙しいし、下の弟はもう寺継いでるしで暇なのが真ん中の俺しかいなかった…というのが、選択理由らしいけど」

「でも、東京から呼び戻されたって…大学通いながら会計士の資格取得ってかなり大変だし、凄いことなんだって聞きました。教職免許まで取れたのは日野先生だからだって」

以前、日野自身からも大変だったことは聞いている。

生け垣を抜け、掃除と手入れが行き届いている墓地の中、奥の高台へと二人は進む。風がない初冬の午後、日当たりのよい墓地はどこからか線香の匂いがする。その匂いさえなければ、公園の歩道を歩いているような霊園だ。知春は、初めて来る。

「資格は取ったけど、どうしてもやりたい仕事ってわけじゃないよ。それに、相手が光岡じゃなかったら断ってたし、資格を生かすならまた会計事務所に勤めればいいだけだから、俺としては不満はないよ。もしお役目に選ばれたのが兄貴か弟なら、替わってくれって騒いでた」

「…！」

顔を上げた知春へ日野は柔らかく笑い、その手を引いて再び歩き出す。

「でもその前に、最初その話を聞いた時は冗談じゃない、って思ったのは本当。だからご当主に直接断りに行ったら…相手が光岡だって知って引き受けたんだ」

「どうして…」

心配そうな知春へ、日野はわざと唇を尖《とが》らせる。

「どうしてって、光岡を護《まも》りたいと思ったからに決まってるだろ。別に顔写真見せられて、あー可愛くなったなー、好みだなーって下心で引き受けた…んだけど」

「どっちだよ…」

「下心は本当だけど。調べたら昴がワケの判らないことしてるようだし、心配もあったから。

…あと、ご当主から聞いた光岡のお母さんとのロマンスに感銘《かんめい》を受けてね。俺も耳にしていたのは、光岡のお母さんが悪女だってことばかり。でも、違っていたから」

「…そうか、それで日野先生は職員室で母が失踪したって話に驚いたんですね」

「あぁ。それで光岡先生を訪ねて、話を伺って。その時に先生にお役目の話を受けたことも報告してるから。昴の気性は以前から俺も知ってるし、これ以上光岡も亡くなった光岡のお母さんにも嫌な思いさせたくなかったんだ」

昴がオルゴールを求めて離れを訪れた時、何故日野が終始厳しい態度でいたのか判った。

「じゃあ、昴が言っていたのは？　その代わりに嫌な思いしてるんじゃないですか？」

「？」

「昴が先生のこと、傍流のスパイだって」

「お役目の話を引き受けてからすぐに、そのことを知らない吉松の傍流…正確には昴の家の血縁あたりだな、から光岡のことを探るように声をかけられたんだ。向こうの動向が摑めるから惚けて引き受けただけだ。ご当主はご存知だから大丈夫。…嫌な思いはしていないよ」

「そうなんですね…ならよかった」

安堵の溜息をついた知春の気遣いが嬉しくて、日野は小さく笑顔を見せた。

やがて日野は、ある墓の前で足を止める。

「ここだ」

そこはこぢんまりとしているが日当たりがよく、手入れも行き届いた区画だった。

新鮮で綺麗な花も供《そな》えられている。

常に誰かが気にかけ訪れている、そんな墓の様子に知春はほっと息をつく。

「ここの花は、ご当主がずっと欠かさずにされているんだ」

線香をつけ、合掌《がっしょう》する日野に倣《なら》い、知春も手を合わせた。

「ずっと来なくてごめんなさい、お母さん…」

「今度から好きに来れるだろ。光岡のお母さんすみません、大事な一人息子を戴《いただ》きました」

「お墓の前で余計なこと、言わないでください…！　しかも過去形で…」

「本当のことだし」

「俺は…！」

「…」

からかいすぎて怒り出したのかと顔を見た日野へ、知春が遠慮がちに続ける。

「俺は、もう…全部、先生のものです。多分、あの日約束した時から」

「…！」

「…俺は強くなれたのかな、先生。だからお母さんの真実が判って…そして、あの女の子…じゃなかったけど、再会出来たのかな」

日野は知春へと、手を差し出す。

「元々光岡は、強い男だったと思う。あの時も、自分も母親が突然いなくなってしまって悲しいのに、泣いていた俺を何度も励ましてくれただろう？　再会しても、変わらず潔《いさぎよ》くて格好よかったじゃないか。…光岡は、強いよ」

「俺は、先生がくれたあのオルゴールがあったからです」

「…どうする？　鍵もあるしあの箱、一度開けてみるか？」

日野の提案に、知春はちょっと考える素振りを見せてからゆっくりと首を振る。

差し出された手に、知春は手を重ねた。

「あのオルゴールは、俺にとってパンドラの箱だったんです。箱の中に残されたのは『希望』。先生が俺に希望をくれた。箱の中に残された最後の魔法を先生が使ってくれたから、開ける必要はないです。だから、どうかあのままで」

「お前がそう言うなら。本当は俺を好きになる魔法だぞ、あれ。…秘密だけど」

照れくさそうに呟いた日野の言葉に、知春はたまらずに破顔する。

「そうかも…！」

二人は再度墓石に向かって頭を下げ、並んで墓を後にする。

「さて、では息子さんをご当主の所に案内しますか。喜ぶと思うぞー、あの人」

「そうかな…突然訪ねて大丈夫かな」

「連絡はしてあるから大丈夫。光岡から会いたがるなんて初めてだって、凄く喜んでたよ」

「…本当に？」

「本当。俺が訪ねる度に学校の様子とか話せって大変なんだぞ…。だから光岡が直接、いろんな話をしてやれよ。騒がしい親戚に辟易《へきえき》して病気のふりして入院してるんだから、退屈しきってるし。…そしてお母さんの話も沢山聞くといい。お父さん本人のことも」

「うん」

「しかし…俺が豊田先生から一本取った約束のデートが、まずお父さんのところか…」

ぼやく日野へ、知春は申し訳なさそうに下を向く。

「だって、今一番行きたい所だったから。…俺、先生とならば何処へ行っても愉しいし」

「んー…じゃあ、今度デートする時は俺に計画立てさせてくれる？」

その言葉が欲しくていた知春は、花が綻《ほころ》ぶように表情を明るくした。

「是非」

「これからご当主から沢山話を聞いて、もっと勉強して。それでご当主の仕事を手伝いたいって思うなら頑張れ。…これからはずっと、俺がいるから」

繋ぐ手がぬくもりを伝えあって、寒さは感じない。

…この日を最後に、眠り姫は夜をさまようことはなくなった。

あとがき

こんにちは&初めまして、染井吉乃と申します。

ルチル文庫さんで七冊目の「眠り姫夜を歩く」をお届けします。どうぞよろしくお願い致します。

久し振りのやや若めの学生が主人公のお話です。

漠然とあったのは主人公達が夜に河川敷を散歩するシーンで、普段歩いている場所なんだけど夜はなんだか秘密めいてドキドキする、そんなイメージでした。

今回はプロット提出時につけていた仮題が、そのままタイトルになりました。私の場合普段からかなりとほほぃな仮題が多く、そしていつもタイトルに悩まされているので（笑）無事にタイトルが決まって嬉しいです。次回もそうだといいなあ。

今回初めて挿絵をして戴く陵先生の、格好良くて美人さんの素敵な主人公達に「二人はこんな顔をしているんだ」と新鮮な驚きがありました。本が届くのがとても楽しみです。

原稿執筆にあたり、高校の時間割を教えてくださいました伊咲《いさき》先生とその妹様、ありがとうございました！　時間割（授業）のエピソードは結局編集段階で調整され、日野の受け持ちの「古典」以外残りませんでしたが（笑）大変参考になりました。

某有名社製スマートフォンのメモやスケジューラーの操作について、詳細な連続資料画像付で教えて教えて下さいました草川為《くさかわなり》先生、大変助かりました。ありがとうございまっす！　なんというか指のポジションとか、私が知りたいと思う「画」を的確に無駄なく教えて貰えて、痒いところに手が届くというよりも「判ってらっさる！」の感激度はさすがプロの漫画家さんだなあ、という不思議な感動がありました。草川先生、いつか小説家の仕事で必要な資料があったら是非ご用命下さい（なさそう…）

勿論お友達にも助けられました。皆様にいつか恩返しをしたいです。

そして今回も担当様には大変お世話になりました。具体的には秘密にさせて戴きますが、担当様のご提案で今回原稿作業がスムーズに進行することが出来ました。

私の原稿完成の大きな部分は皆様の愛とか友情とか厚意、そして読者の皆様で助けられています。へたれの私がこうして書き続けられていられるのも、読みたいと言って支えてくださる皆様のお陰です。本当にありがとうございます。これからも頑張ります！

励みになるので、ご感想のお手紙も戴けたら嬉しいです。お待ちしておりますので、お手紙是非是非よろしくお願い致します（笑）

また皆様にお会い出来ることを願って。

二〇一三年三月　　　　　　　　　　　　染井吉乃

✦初出　眠り姫夜を歩く……………書き下ろし

染井吉乃先生、陵クミコ先生へのお便り、本作品に関するご意見、ご感想などは
〒151-0051 東京都渋谷区千駄ヶ谷 4-9-7
幻冬舎コミックス　ルチル文庫「眠り姫夜を歩く」係まで。

幻冬舎ルチル文庫

眠り姫夜を歩く

2013年3月20日　第1刷発行

✦著者	染井吉乃　そめい よしの
✦発行人	伊藤嘉彦
✦発行元	株式会社 幻冬舎コミックス 〒151-0051 東京都渋谷区千駄ヶ谷 4-9-7 電話 03(5411)6432[編集]
✦発売元	株式会社 幻冬舎 〒151-0051 東京都渋谷区千駄ヶ谷 4-9-7 電話 03(5411)6222[営業] 振替 00120-8-767643
✦印刷・製本所	中央精版印刷株式会社

✦検印廃止

ISBN978-4-344-82793-6　C0193　Printed in Japan